绯雨宵■主编

暗黑默示录

■ 一章 · 最终幻想

■ 二章 · 幻影旅团

■ 三章 · 王者圣传

目录

一章　最终幻想

PART 1　ZUI ZHONG HUAN XIANG

天花乱坠

■ **出处：FINAL FANTASY**
■ **原著：SQUARE ENX**

■ **文：林檬**

1. The Story of Cloud

梅雨季节，多雨。

下雨天，客栈所在的巷子显得很深沉，时而听见孩子们高声喊叫着跑过去。其间，偶尔传来几声叫卖声。但这一切都没能打破小巷的静谧。

天色已近昏暗，我摇摇晃晃着沿着小巷走着，呼吸里透着一股浓浓的酒味儿。我是醉了吗？不，还没有。我在心里反驳道。我在笑，同时默默地把眼光投向远处雨景里。

雨渐渐大了起来，好像在眼前张开了一片幕，淅淅沥沥地下个不停。

　　然而我的眼里并没有这片幕，我的耳边响着一个声音，他说："这里没有你的事了，利普。现在，你可以走了。"这声音是鲁佛斯的，他仅仅用了这么短短的两句话就完完全全否认了过去我所做的一切。

　　"是的，已经没有我的事了。"我试图平静地说出这句话，可是我分明听见，我的声音在这片雨幕中瑟瑟发抖。

　　望着远处，我追忆着，我追忆着神罗的过去——那里曾记载了我辛勤奋斗的年华，然而我的记忆之线齐刷刷地断掉了，我只是觉得好像做了一场梦。

　　我将思绪拉回到眼前，雨继续下着，冲洗着这座城市，我的身上不觉地有几分寒意。我拢了拢外套，随即将手插进外套的衣兜里，我的手指触到了包里一个方形的盒子，那是一块遥控器，我用它来操纵我的机器人凯特西。而一提起这个，我的脑海里就浮现出凯特西那几

近臃肿的躯体，惹人发笑的面容，还有……过去的，那些该死的回忆。

　　我踉跄着向前晃了几步，我试图着将这一切忘记，但这些奇怪的记忆一直缭绕在我的脑海中，越演越烈。我的心也愈发迷惘，烦乱了起来。

　　"去哪里？我该去哪？"我像个十足的醉鬼一样，在街上扯开嗓门吼了起来，而我突然想起，这座城市是邻海而建的。

　　"走吧，去海边。"我喃喃道。

　　夜色在雨幕里变得模糊起来，大海安静地卧在夜色一隅。我凝视着它，它也仿佛用它自身反射的光辉凝视着我。在微微泛着波澜的，如一块黑玉般的海面下，奔流着浅绿色的，微微泛咸的海水，它像是一个永久不灭的神话一样，或者说它就是神话的本身吧。

我缓缓地朝着它走过去，沙滩上留着一排浅浅的、孤独的脚印，而这行脚印和我一起正慢慢地向着未知的领域延伸，一步又一步，一步又一步。海水渐渐地没过我的身躯，一刹那间，我感觉夜色从四面八方，从世界的每一个角落，向着我拥挤、覆盖过来。我无法呼吸，身体在无声无息地向着海底沉去。"我就要死了吗？"我望着不断泛着浅绿色光泽的天空呢喃道。

　　我睁着眼，浅绿色的海水轻柔地舔拭着我干涸的瞳孔，水面上浮动着天空的碎影。没有悲伤，没有烦恼，没有痛苦……所有的一切都将随着我一同离去，一同没入这深深的海底。我的心情出奇的平静，而我忽然记起了一首怀旧的歌曲里唱道的："让我告诉你，你就知道了：没有什么能比得上战场上的死，没有什么能比得上荣耀的死。对于牺牲的人，死对他是何等珍贵。远远地，我望见了死亡！我的心啊，

对它如此地向往！"这首歌对我而言是那么的亲切与贴切，它曾经响彻我曾经居住过的那座古老而又贫穷的小镇，它曾经鼓励我迈出家门，寻找一条属于自己的道路。而如今，它也将随我而去了。

　　我苦笑着动了动口，想哼上两句，可却一连呛入了好几口海水，又苦又涩。海水的滋味在我的喉咙里跳动着蔓延，视线也越来越淡了。呼吸在一点点的降低，浅绿色的海浮在我的眼里……天空的碎片浮现浅绿色的海中间……

　　当我醒过来的时候，我才发觉我被碰巧在附近的渔人们救上了岸。"你真是个幸运的家伙！"迷迷糊糊中，我好像听见他们这么说。

　　我躺在客栈的软床上昏睡了两天，反复做着一个同样的梦。我梦见自己被浅绿色的浪托着，向着无尽的黑暗滑去。于是，我挣扎着

醒了。

睁开眼的时候，天空正飘着雨，空气里很潮湿，我看见了凯特西——它坐在屋子的一角，傻傻地对着我在笑。

我半眯起眼，从床上支起半个身子。凯特西蹦跳着从一旁跑过来，递给我晾干了的外套。我接过了它，随即翻转口袋，将那个遥控器掏了出来，泄愤似的将它狠狠地向着地板砸去。那"方形的盒子"顷刻便破碎了，散落的零件滚动着绕过凯特西的大脚，以及我怔怔的视线，"没有用处了。"我暗地里想着，而我对着凯特西则说："现在你自由了。"这是句真心话，毕竟我已经不能再控制它的行动了。想到这里，我的心里反倒是有点儿酸酸的。

而不知什么时候，我的肩膀陡然一震。

"朋友。"是凯特西，它拍着我的肩膀，对着我微笑着说道。

瞬间，我的眼睛在这潮湿的季节，潮湿的空气里也潮湿了起来。一切都似乎是好起来了，而我似乎也应该打起精神好好迎接明天才对……

2. The Story of Jeuse

白色的药片在水面上翻滚了几下，斜斜地沉入了水底，水面上很快泛上了一层细细的白色粉末。我用勺子百般无聊地搅拌着它，直至那片白色的粉末完全和这杯水融为一体。然后，我放开手来，看着一圈圈旋转着的乳白色的水面卷着勺叮叮当当的在玻璃壁上磕碰了几下，当柔柔的灯光从百叶窗中渗出，弥漫着氤氲的色彩，朦朦胧胧地将天地吻合在一起的时候，我总是喜欢这样度过时光。我享受着这样的时光，这样的感觉——时间仿佛停滞不前，所有的感觉在这一刻得以完全的释放，冲洗着我倦怠的思绪。

壁炉里的火突明突暗地闪烁着，舔着壁灶灰黄的石壁。火光照亮了房子的中心，我感到它反射到我的脸上，我朝着窗，面对着同样灰黄的窗棂，墙壁上跳动着来往的人影。而我看见了一个小小的身影，他夹杂着那些巨大的、拉长的、扭曲了的人影中，显得那么的不协调。他四下里张望着，而他似已看见了我，疾步向我这边跑过来。

"蒂法，蒂法……"他一边跑，一边喊道，"Jeuse，Jeuse死了。"他喘着气，断断续续地说，话里带着哭腔。

"我很抱歉听到这个消息。"我用自己所能想象到的，最温柔的口气说道。而他的眼泪终究还是落了下来，"Jeuse……"他低垂着头，

轻唤着这个名字。我从身旁的纸盒里抽出一张纸巾递给他擦擦眼泪，可是他只是黯然地将它握在手中，用手指一点点的将它搅碎，揉成一个又一个的小纸团，"Jeuse，Jeuse……它死了……"他抽噎着。

我不知道自己该如何安慰这个孩子。Jeuse是他的爱犬，是一只很漂亮的牧羊犬。上周我还看见了它：那时它正和他一起在尼普尔山旁的草地上追逐、嬉戏，它还摇晃着蓬松的尾巴，舔着我的手。

令我感到奇怪的是：为什么这孩子会给一条狗取"Jeuse"这个名字。尽管我从一开始就知道，对于一个孩子而言，上帝不外乎定义了如此的含义——是能给予他无尽的幸福和快乐的"人"。

而如今Jeuse死了，它的死因至今仍然是个谜，一个小小的、微不足道的谜。但它仍旧在这个孩子的心中抹下了一道难以忘却的伤

痕。而对于一个孩子来说，这伤痕即是意味着"痛苦"。

"请别哭了，好吗？"我温和地说道，"一切都会好起来的……"

他仍旧止不住地哭泣。地上已经扔了一地的小纸团，圆圆的，一粒又一粒，宛如神话中人雨的眼泪，他仍旧梦语般地重复道，"Jeuse，它死了，再也不会回来了。"

再说些什么无疑是没有意义了，人们总是相信，痛苦总会过去，时间总能治愈伤口。但伤痛却往往不会是那么简单，就在这短短的一刹那，我仿佛又看到了"正宗"刀的利刃，又看到了倒在血泊中的父亲，以及在烈火中苦苦挣扎着的毁灭的村子，失去这一切的心情不是语言所能描述的，而我知道这种痛苦，它就像是在伤口上抹了一层盐。人们总是受伤，因为他们总是眼睁睁地看着自己心爱的东西离去，而又无能为力。因此，我尝试着尽自己最大的努力帮助这孩子。

若是有足够的可能的话，我甚至愿意，替他分担所有的痛苦，可是事实却让我明白——对于这件事情，我除了无能为力以外，别无其他事可做。

我想对他微笑。据说，宁静的微笑能带给别人安慰和勇气。可是现在我却无法笑出来。我不愿故作姿态——虚伪的笑颜是可耻的，而眼下我所能做到的，只能是拍拍他的肩膀，以示安慰。

"好了，孩子……"我听见自己对着他说这样的话，话语里透着无奈。

Jeuse。它已经死了。

"上帝也死了，我们杀死了上帝，并让他在十字架上忍受着痛苦和耻辱。"

失去的东西是很难再寻回的，而我们至多只能那么眼睁睁的，无能为力的看着它们离去的离去，逝去的逝去……也许，我们会感到无奈，但到了最后似乎也仅仅是无奈而已。

3. The Story of Vincent

我在花店的橱窗外站了很久。吸引我的是店里那仅存的一束玫瑰花，美丽而鲜润，红艳的仿佛要渗出血来。

花店的店主是一位肥胖的妇人，臃肿的脸上涂着厚重的脂粉，却却偏偏故作清纯的摆着姿态，笨拙地挤在狭窄的柜台一角。

"喂，先生，要买玫瑰花吗？"她朝我嚷嚷道。她的声音低沉而沙哑，仿佛一只哭丧的乌鸦。我淡然地回答道："不。"

她有些不耐烦地掏出一支烟来，"穷鬼"，她一边叼着烟一边又朝我甩出一句话来。眼神骨碌碌地转着，充满了谩骂与讥讽。而我只是觉得可笑——真没想到她虽然肥胖，可是眼珠倒是转得蛮灵活的。我的嘴角不觉地往上咧了咧。我似乎是在笑，不知怎么的，我觉得这表情很陌生，而现在的我似乎已不再是自己了。

我咳嗽了几声，将自己的目光一寸一寸地挪到街上。天白茫茫的，微微透出点灰色，渐渐地落下雪来，很小很轻柔的飞舞着。我又回过头来，快速地向后面的花店橱窗扫了一眼，那束玫瑰的凄红在我眼中滑过，与此同时，我看见了橱窗玻璃的反光里呈现出我的眼光——落寞而又黯淡。"鲁克莱尔，"我在心里呼喊道，"你会喜欢那束玫瑰花的。"我叹道。并不是没有能力去买下那束玫瑰花，而是怕它刺痛了自己，引发出那一段不堪回首的往事，一切都随着时光的推移而慢慢改变了。

"文森特，你这个混蛋，你总是在逃避。"我苦笑着盯着自己的右臂，阴森恐怖的金属爪牙在雪天里闪耀着一层如冰般的彻骨寒光。

我又咳嗽了起来，"报应，这是我应有的报应啊！"我在心里暗自咒骂自己的无能与懦弱。灰色的天空里落下来的雪粒像雪球一样的扩大了，变大了，在天边划着一道道银白的痕迹，偶有几粒雪花落在额上，缓缓地融化成一颗颗细微的水珠滑落，代替了那久违了的眼泪。

"先生，请问……你要买玫瑰花吗？"此时，一个稚嫩的声音从身边传了过来。我木然地转过头去，仿佛在外面呆了太久，连骨头也被冻住了一般。

那位卖花者还是个孩子，看上去至多不过十一二岁，苍白而孱弱，就像一朵在秋风里摇摆不定的雏菊。

我注视着他，他的姿态很有些意思：半弓着身子，涨红了脸，双手抓紧那束玫瑰花，高高地上举着，看上去不像是在卖花，反倒有些像是在赔罪，口里还不住地重复着问："先生，请问……要买玫瑰花吗？""不！"我答道，我越发觉得可笑起来，我的嘴角向上咧着，而我知道自己一定是在笑了。不过，他这么一问，反倒不自觉地提醒了我——我的确应该看一看他所拿的玫瑰。

可是，观赏的结果无疑是令人失望的。大概是因为被他握得太久的缘故，那束花看上去很凌乱，色泽淡泊并且有些干枯了，"不……我不要，"我连连摇头，同时抛下他，缓缓向前挪了几步。

而那个少年则依然怔怔地在原地站着。"真是有趣呢。"刚才那个肥胖的女人不知什么时候从店里挪了出来，倚在花店门口说道："穷鬼间的交易吧。"她吐了烟圈，流露着不屑的眼神。话罢，还忘不了朝地上啐了一口唾沫。

"你别太放肆了！"我盯着她本来想对她说这话的，不过同往常一样，也仅仅只是想想而已，我是个习惯了沉默的人，我终究什么也没有说，只是调转了目光，盯着那孩子。他还是有些怔怔地立着，一动也不动。

新年的钟声伴随着雪花一同飘落。

"新年快乐。"街上的人们互相祝福着，而我突然想起了一部老电影里的场景——那部电影中的主人公死死地盯着教堂的大钟，在新年来临的前一刻，倒在教堂积满了雪的台阶上死去。"这真是个讽刺。"

我自嘲般的揶揄道，同时缓缓地向前踱着脚步。

"先生，请……请等一等。"那稚嫩的声音突然在耳边响起，是刚才那孩子。他朝我跑过来，"先生，祝你……新年快乐！"他一边说道，一边红着脸，笨拙地将那束玫瑰往我手中塞来，"送给你，先生，祝你新年快乐！"他仰着脸，冲我一笑，我发觉那是一双晶莹干净的双眸。

送给我？一个陌生人？我怀疑这孩子是否是疯了。我有些惊讶，而我的反射神经则在几秒钟后做出了出人意料的反应。"滚开，小鬼！"我不耐烦地推开了他的手，扔掉了那束玫瑰花，随即抽身向街对面跑去。

"先生……"那孩子竟然举着花又追了上来。

啪啪,啪啪……他的脚步声很快消失在一瞬间响起的汽车喧哗声中,但我仿佛听见了那一声浓重的呼吸声在雪中正变得越来越微弱而遥远。

我忽然在橱窗玻璃的反光中看见:在那银亮的风雪中,那束玫瑰花在空中划过了一个漂亮的弧影又寂寥地落在了地上。接着听见神罗汽车尖利的刹车声。顷刻,周围一片寂静。我转过身的时候,那个孩子倒在了路中间,身子在原地滚动了好几下而又停滞了下来。

我愣在原地,发现天空和路面都在飘移,时间仿佛在这一刻停滞了,汽车则在拉伸中变得弯曲。

"先生……祝你新年快乐……"

"先生,请问,你要买玫瑰花吗?"

天空在一瞬间变得惨白无光,雪仍然无声地在落下,划着一道道

浅浅而又透明的痕迹。刚才这个孩子的声音透过海绵般的空间在我耳边一遍又一遍地扩散着。我似乎已经空虚了,而我又咳嗽了起来,风雪中有个陌生的女人走上前,扶起那孩子瘦弱的身躯,抚弄着他的头发、他的额头。

"他死了,可怜的孩子。"她说。

周围的人越聚越多,又纷纷脱下帽子,神情有些黯然。我茫然地立着,心里充满了莫名的惶恐,我看见红色的黏液从他孱孱的身体中淌了下来,一股股流到雪白雪白的地上,一片殷红。然而,我清晰地看见他的手中依然握着一支玫瑰花——那束玫瑰花中仅存的一支。

"先生,祝你新年快乐!"耳边回响着这句话,"新年……快乐?"

我颤抖地向前伸出手，试图着抓住一些什么，可是我却跌倒了。

几个人上前轻轻地托起那个孩子的身体，准备把他送上车——他原本苍白的小脸儿如今显得更加苍白了。他的口还微微张开着，仿佛还有什么话要说，而这一切终究是以悲剧性的死亡作为了结局。

"这究竟是歌剧似的惨烈，还是诗人般的公正呢？"我的心悲哀不已。

这时，那朵玫瑰花默然地从那孩子苍白的手指间滑落了下来，跳动了几下，沉重地滚到了我的面前。

这是一个怎样的奇迹呀？那朵几乎凋零了的玫瑰花陡然精神了起来。它卓尔不群地挺立着，美丽而鲜润，如玛瑙般的花瓣上还残留着几粒殷红的血珠……

我怔怔地望着它，王尔德笔下的惨剧活生生的在现实中上演，而那孩子不幸的成为了剧中可怜的夜莺，用自己的鲜血灌溉鲜花来开

放。而我，则是剧中那自私自利的丑角，漠然而冷酷甚至残忍。

我全身冰凉了起来。苍白的天空，苍白的雪地，苍白的小脸，都在这一刹那间升华成一团刺眼的血色，一切都变得模糊不清，而我突然想起那个孩子最后一句恬然的问候："先生，祝你新年快乐……"

我不禁落泪了。

4. Disintegration

所有这一切没有联系吗？美丽的真理。一个迷失了自我的人；一个失去了心爱宠物的孩子和一个无能为力的女子；一个被自己所囚困的独行者，他的独断独行导致了一个又一个的悲剧。一个卖花的少

年，他的死并没有换来什么，而大地的另一边仍然是阳光灿烂的日子，但是不接受它，我们还能够做些什么呢？这是三种相似而又不同的命运。死亡，是一种解脱方式，还是人们逃离生活的一种借口？这个问题我们无法意识到明确的标准。

我们用精神创造了世界，精神创造了物质，通过层层蜕变，尝试着了解自己，了解死亡，了解生命。

也许，如同可以通过物质引渡精神一样，死亡是可以超越的。

也许，这只是一个错觉。

也许，仅仅是也许，如是如是。

狂想曲

■ 出处：《最终幻想 VII》
■ 原著：SQUARE ENIX

■ 文：林檬

一、A man in the mirror

记不清那是梦还是真实的事。

我看见了他，他是 A man in the mirror。

他依然如故。他那端庄的脸被银发半掩着，一动也不动地注视着镜子里的自己，他那桀骜不驯的天性仍旧没有改变，冷冰冰的面孔，使人觉得他是那么的高傲。

我从他的身边走过，每个人都从他的身边走过，他没有回头，也许是不屑；也许是不愿，也许是不敢！他在害怕吗？但究竟又有什么会令他害怕，他是那么的强大，但他有的却只是自己。

"这里有一个声音。"他对着镜子自言自语道。镜子中的他沉重地高昂起头，那双绿色的眼眸里带有一丝不易被人察觉的疲惫。"它告诉我，'我将成为这个星球上的主宰者，我将会得到永久的生命'……哈哈……"他不然大笑了起来。"正宗"锋利的刀刃割破了他的手指，殷红的鲜血一滴一滴地溅在雪地上，宛如一朵朵燃烧着开放的"天堂鸟"。

"萨非罗斯！"我不禁叫出声来。我几乎是在吼叫了，只希望他能够回头来。但他全然没有反应，他的眼中只有自己，也只能有自己。任何事物也无法介入他的世界，更何况我对他而言，从一开始就是明显的微不足道的。

"也许，可以看见永远吧。"他的语调平静而痛苦，仿佛历经沧桑，我看着他，莫名地预感到似乎要失去些什么，心中陡然不安起来。这种奇妙的感觉竟一时间让我忘记了所有的仇恨和悲痛，而在我心底燃起一种冲动。我真想走过去，把他从他个人的世界中拉出来，并和他

交谈。但是，我最终在离他数步远的地方停住了。

他高傲的头终于低垂下了。他缓缓地闭上了眼，向着天空舒展开双臂，他仿佛在思考，又仿佛是已沉沉睡去。

就在那一刹那间，镜面突然活动了起来。它像是被石子惊醒了的淡蓝色湖面，泛着漪涟一圈圈地往外扩散，将他整个的包裹起来，他没有反抗，任由其将自己吞没。他的身体开始向着镜中没去、没去，最终不见了踪影。镜面也在最后一刻恢复了平静。

一切都仿佛是发生在梦里。

"萨非罗斯……"我揉着眼，呼唤着他的名字。我想我一定是在做梦，只是还没有人把我叫醒罢了。"萨非罗斯……"我又低低地唤了一声。

没有回答。

几分钟前，他还孤独地面对着自己，而现在他完全拥有了自己，但却似乎什么也不是了。

生命以最纯粹的姿态进入了永生。

"也许……"我长长地叹了口气，"也许可以看见永远吧。"我盯着镜子，镜子里面一片空白。

我有些怅然。

而我突然记起，他原本也就是A man in the mirror 的。

二、Silent all these hearts

她翻来覆去的摆弄一个方形的盒子,那盒子是用上好的柏木做成

的，雕刻了很精致的花纹，而且涂着一层漂亮的银漆。

"好漂亮的盒子！"我感慨道。

她微微抬起头来，以一种不经意的目光打量着我。她长得很美，可是美丽的脸上却空洞得没有一丝表情。她淡淡地问道："你喜欢这盒子吗？"我点了点头，"它很漂亮。"我赞叹不已道。她摇了摇头，有些无奈，但却似乎只是没有原因的苦恼。她缄口不语，而我也不再说话，调过头，朝着窗外望去。

天空正飘着雪,银白色的雪粒装点着这个美丽而又安静的有些沉闷的都市。"这里倒是与她很相称。"我一面想着，一面回过头去，四目相对，我有些尴尬地对着她笑笑。"你相信爱吗？"她突然问道。"什么？"我被这突如其来的问题吓了一跳，不由地嚷了出来。

"你……相信爱吗？"她又问了一遍。

我点点头，说道："我相信，那么，你呢？"

"不……哦，也许吧。"她的声调有点儿改变，但很快又恢复了平静，"你也许想要听一个故事吧……"她说道。她的声音柔婉如风，很安静，就如同她自身一样。而她也是以这般的安静来叙述她的故事的。她说："有一个愚蠢的女人，她的愚蠢正在于她同时爱上了两个男人，一个是深爱她的，她的男友；一个是充满了智慧和魅力的博士。现实逼迫着她必须在这两人之间做出选择，而她最终放弃了前者，选择了后者，她认为……她这一生会是万分幸福的，可是……"她的声音突然断了，她的眼中蓄满了泪水，"那个人，难道是……"我说道，"不，你弄错了。"她摇头低语，"她只是我的朋友，一个愚蠢的人，不是吗？"

"不。"我叹道，"她是不幸的，但这一切却并非愚蠢。"

"但愿是这样吧。"她说道，她茫然地摇了摇头，但随即又仿佛是默认了这事实般的点了点头，她开始小声地啜泣。

很长一段时间内，我们都保持着绝对的沉默，直到她站起身来，这种沉闷的气氛才被略微冲淡。

"能与你谈话，我感到很高兴。"她说道，我微笑着看着她，她将手伸到我面前，并摊开——那盒子在她的掌心里隐隐泛着银色的光辉。"希望你能够收下它。"她缓缓地吐出这么一句。"可是……""没什么'可是'的，它和你很相称呢！"她说。

她走上前来，将它轻轻地放入我的手中。既是如此，除了感谢，我又怎好推辞。

"是该说'再见'的时候了。"她说道。她拉开了门，向着外面走去。

"等等。"我喊道，"能告诉我，你的名字吗？"我问她。

"鲁克莱尔。"她愣了愣神，随即低声说道，"请忘记这个罪恶的名字吧。"她的眼睛有点儿湿润，她调转了身子，向着街上跑去。

"鲁克莱尔！"我叫住了她，心中一时似有千言万语。"祝你幸福。"我最终说道，"也请代我向你那位不幸的'朋友'问好吧。"

"我会的。"她回答道，"也祝你幸福……克劳德。"她回过头来，望着我，脸上悄然浮现出一丝安静而美丽的微笑。

三、Something in the man

他是一个天才！

他也是一个疯子！

这些事情我从一开始就知道了。

因此更不免有些惋惜，那曾是一个多么优秀的人呀，他的发明曾为"神罗"带来了数以亿计的财富，他曾是那么的骄傲与自信，他想要成为一个拥有绝对力量的天才。但首先，他成为了一个彻彻底底的疯子。

而现在，他已经死去了。在那一次战斗中，他成为了我剑下的亡魂。他现在恐怕早已化为了一缕青烟，亦或是一片黄土了吧。

久违了的豪雨敲击着眼前这堆锈迹斑斑且大小不一的金属，发出丁丁东东杂乱不齐的声响——这似乎是这里惟一一处有生机的地方了，而这也就是"神罗"大厦的现状了，我不禁笑了。

雨水冲刷着大地，也鞭挞着我的身体，我久久地伫立在离"神罗"大厦废墟处不远的山崖上。雨水模糊了我的双眼，而我仿佛也看见了他——他在血色苍穹中发声大笑，他的手中牵着一个玩偶——那是萨非罗斯。

"宝条，你这个疯子。"我暗自里骂道，但我却那么清楚地知道，他曾是一个多么可敬的天才，这真是个莫大的讽刺啊！

雨，还在下着，灰蒙蒙的天空没有我想要寻找的方向，我仿佛感到那曾经摧毁一切的大洪水又来到了人间，要毁灭一切的生命，清洗大地的污垢和人为的罪恶。而当世界变成了一座恐惧和破灭的剧场时，他也许正站在我们无法感知的角落里，一面充当着冷眼旁观的观众，一面担当着剧中的丑角：流着乞怜的眼泪，嘴角边却挂满了嘲讽的冷笑。

四、Sweet heart memory

长满太多果实的树枝是承受不住重量的，太富有的国家也可能因为承受不住巨大的财富而毁灭。

世上有无数未知和不可知的东西，这是我们无法感知的领域。我们只能把它视为我们局限和认可的一个专用词。回忆也好，现实也罢，我们都只能从真正的生活中寻找答案——这种行动的现实便是创造的实现！

别让阴郁的雾气迷乱了你的双眼。

归根到底，阳光到底还是温暖着我们的身子骨的。

雕　像

■ 出处:《最终幻想VII》
■ 原著: SQUARE ENIX

■ 文: TAKARA

　　从小，我就向往不凡。还记得小时候，坐在村外的水塔上和Tifa一起仰头看着灿烂的星空时，我就已暗下决心：总有一天，我要离开这里，到外面的世界去看看那些伟大的人，伟大的力量，或者让自己也变得不凡。然而，时光飞逝，我不知道自己是否离梦想越来越远，没有人告诉我，我是否走错了路，也没有人告诉我，我走了多远；或许，这世界的复杂不是那时的我可以想象的；或许命运是我无法改变的。但为何，我们头顶的星空仍然那么美丽。灿烂的就像许多年以前我们第一次惊诧于它的美丽时，那么清晰而切近的，仿佛我可以把它们握在手里，就像我握住手中的剑，或者Aries的手。

——Cloud

　　我不属于这个世界，或者说这个世界并不属于我。无数个世纪以前，它应该是另一副样子，我也应该是另一副样子，而那些自居为神的可笑人类，当他们得意忘形于他们那所谓的伟大力量时，他们只不过是加快了自己死亡的进程。就像一群互相吞噬的虫子，它们永远也不知道它们最终将要面对什么，正如他们不知道我是谁。我是这世上最强的人，我可以决定他们的生死，改变他们的命运。没错，我是神，我将他们玩弄于掌中，我让他们知道这世上有他们无法抗拒的力量，他们的一切都只能在这力量的追逐下苟延残喘。

—— Sephiroth

从小我就有点不同，和所有人都不同，哪儿不同我也说不上来，但总仿佛有那一种力量在我的身体里涌动着。就像现在，它们精灵般在我的血液中跳跃着、飞翔着，甚至我的灵魂亦因之而颤抖而碎裂。那样一种情绪火一般燃烧起来，我感到我的生命因之而沸腾。我的命

运、未来，本来那么遥不可及，却于此刻清晰得仿如一朵在手中绽放开的花朵。我知道，这一切都因为他，当我们的目光碰撞时，整个世界都在那碰撞中乒然破碎，而我的心灵亦被那种热量熔化，岩浆般喷吐着灼热的气息。于是，我知道我的命运已从见到他的那一瞬间，改变了。

—— Aries

不知怎么，有时觉得离他很近，近得仿佛可以看清他瞳仁里的自己。有时却觉得离他很远，远的听不清他在说什么。我不知道，是否时光改变了一切，还是我们自己改变了。看着他，却觉得仿佛牵一下他的手都如梦想般美好而遥远，就像我们儿时的梦想。记得小时候，他就梦想着去闯荡世界，而他永远也不会知道我的梦想是什么，或许

他也不想知道，他总是那么孩子气，那么冒失，从不去想将要面对怎样的危险与痛苦，只知道一个劲地往前面闯，即使摔得伤痕累累也从不哭泣。那就是他吧！而我，我只希望能和他在一起，即使我无法安慰他的痛苦，也希望我能让他相信这世上是有人无论怎样都不会背弃他的！

—— Tifa

你相信仇恨的力量吗？我相信！正是仇恨驱使我在这个世界上活下去，当我相信的人背叛我，当我爱的人仇视我，当我的梦想化为灰烬，当我的一切都如沙砾般在海浪的冲蚀下消失殆尽时，是仇恨给了我生存下去的力量，因为只有活下去，才能复仇，我要用这力量，去报复那所有背叛我的人，我也要让他们尝尝那种失去一切的悲伤与绝望，我也要他们体验一下那种曾无数次折磨我的痛苦。那一点一滴的

痛苦与仇恨，那无数个日夜的煎熬，我要让他们永远也无法摆脱，就像一只跌入陷阱的动物，就像我最终操起了仇恨之利刃。这是一把双刃剑，他割裂别人同时也刺伤了自己。可是我知道，我已经无法放下它了。

—— Barret

我是战士的后代，像我无数伟大的祖先一样，我为战斗而生，亦将为战斗而亡。我的生命应如雨水一般洒在战场上，而不应在平凡的生活中渐渐流逝，因为在我的身体里涌动着的是这样的一种血液，它为战斗而沸腾。因为在我的心中，身为战士的尊严如巨石般不可撼动，因为我的先祖们用他们的血液、他们的灵魂凝成了这股精神，而我则将我的血液与灵魂再次凝入，然后留给我的后代。因为我们的生

命就是战斗，只有胜利，只有荣耀，只有鲜血，才能维护我们生存的权利，才能维护我们身为战士的尊严。

—— Red X III

我的梦想是飞翔。那无垠的天空，那广大的宇宙，那是我梦想飞翔的地方，也应当是我飞翔的地方。我的一生都在追逐梦想而飞翔，你能否想象飞翔时的感觉：大地在你眼前展开，风从你的耳边划过。那种高空特有的、稀薄而清新的空气扑面而来，灵魂激动地仿佛也要从口中跃出。那些一辈子只懂得在地上哇哇乱叫的人们永远也飞不起来，永远也不会知道什么是飞翔，什么是梦想。他们也永远无法理解：这世上有人愿以生命作为代价去换取梦想，去展翅飞翔！

—— Lid

死亡是一种很奇妙的东西。就只是那么一瞬间，仿佛身上哪儿开

了一个口子，灵魂潮水一般从那个口子里涌了出来，在一种不知名的力量拖曳下投向远方。那个过程很美妙，你看到血从身上溅出，却感觉不到痛苦，只会看到自己的灵魂，那种乳白色的薄雾一般的东西缓缓溢出，从你的眼前，从你伸出去挽留的手中，逝去不见。那种灵与肉的分离，短暂得仿佛从来就未发生过。而你却已坠入了黑暗、孤独与永恒之中……其实死亡并不可怕，它只是可悲。这世上有些人总害怕死亡，在他们眼中死亡是最痛苦的。他们错了，死亡并不痛苦，痛苦的是你拒绝死亡而最终却不得不死。死神的阴影无时无刻不笼罩在你的头顶，你无法逃避。其实，有时候生存比死亡更痛苦，尤其是对一个觉得自己已经死了却不得不活着的人来说。

—— Vincent

我讨厌命运，我不喜欢那种生下来就注定一生的事情，那就一点都不有趣了。我的生命是我的，我的命运也应该是我的，不是吗？我相信命运是可以改变的，因为没有什么是不能改变的，只是你付出的代价还不够罢了。要改变命运，你就得准备以生命为代价。但是也有这样的时候，你的抉择将会和许多其他人的命运联系在一起，你的生命和你肩负的命运相比反而会变得微不足道了。不过，我讨厌这样。为什么是我，而不是别的什么人呢？就让我哪怕是一个普通人也好，可以想做什么就做什么，不用为了那些一钱不值的名誉、责任而拼死拼活，只要做自己想做的就好了嘛！

—— Yuffee

二章　幻影旅団

PART 2　HUAN YING LÜ TUAN

Tomorrow Never Die

- **出处:《猎人×猎人》**
- **原著：富坚义博**

- **文：沉醉东风**

序幕 未来（一）
——旅团四号的葬礼

　　幽深的古林。黄昏。

　　森林有着葳蕤繁茂的节奏，它的深处，是个辽阔的谷心湖；映着霞光，它正优美地随着潮湿清冷风荡漾着。尼雅注视着库洛洛：他披着黑天鹅绒敞襟长袍，那是最纯粹的黑色，可偏在领边和袖口镶了纯白的毛边；黑色和白色中，海蓝的耳坠箍住了耳垂。黑、白、蓝，那是真理、坚硬的攻击性的组合。但是，库洛洛，温和地站在那里，似乎那一切都与优雅的他无关。

　　感觉到她的目光，他漆黑深邃的双眸望向她："为什么不哭呢？"

　　她看向湖面，那里刚刚安葬了幻影旅团四号成员——迦利，湖水已经一切如初。她的声音沉静："我从来没在他面前哭过。"

　　入夜，月光下，一切都显得清晰而柔和，流动着各色的清光。库洛洛开始唱一首古老的挽歌：

　　广博的海将我埋葬

　　我理应平静安详

　　阿曼奴

　　可是

　　故土啊，我再也见不到你

　　友人们啊，我已感不到你们的哀伤

　　阿曼奴

　　……

　　风在林间谷中变幻回旋，他的声音悠扬，带着直达心底的穿透力。尼雅终于流泪了，再也止不住。

　　"你怎么会知道这首歌？"她问。

　　"哦。迦利唱过。"

　　"是吗……"

　　"我见过西索。"她突然道，"他只是随机地挑选一个而已。迦利还是那么不走运。"顿了一下，她脸上浮现嘲讽地笑："完全按旅团的原则做的呢，杀死了迦利，西索现在是新的四号了吧？"

　　库洛洛深深地望向她，微笑了："为什么不杀了他？然后告诉自己：都是他的错。"尼雅淡淡地道："我不需要从谎言中寻找安慰。西索这么做，是为了加入旅团吧。那么，按这种逻辑，该死的是旅团呢，甚至不是你——团长库洛洛。按你的说法，旅团是个整体。不，是种精神才对。"

不知是什么鸟儿，纷乱地飞过。静静相望一会儿，他又微笑了。她已经释然，心道："算了，那毕竟是他自己选择的路。"

库洛洛向她走近些："最后的族人也去了。你还不改初衷吗？尼雅。"

她竟没有一丝犹豫："啊！我想要改变一下了。"

库洛洛没有表现出惊讶，静默了一会儿，他道："幻影旅团随时欢迎你的加入。"

他又意味深长地补充："明天这个时候，我们再见面。如果你还没有改变主意，我的承诺也不会变。"

一、狮心少年
——年轻的领袖库洛洛

四年前。三舍道（流星街区域里一处地名。流星街，不属于任何一个国家的边缘区域，作为世界各色黑帮的人才基地、避难所而生存，黑暗、血腥和凶险。流星街，是抛弃社会或为社会抛弃的人们的领土）。

无论怎样的城市都有它最龌龊、最不堪的角落，而三舍道在流星街里能当之无愧地成为最"龌龊"，在于它是"老弱病残"的集结地，各种势力不屑于争夺的地方。

此时正当正午，却阴阴的没有太阳。一个拖着破旧长袍子的老人推开自己破烂的铁片门，突然看到街角堆积如山的废品旁坐着个男孩儿，十三四岁的样子，这里常见的乌鸦们杂乱地围着他转。他旁边，两个手握闪亮地铁棒的男人闲散地目视着他们的猎物：一个浑身是血的中年男人，显然已没有反抗之力，他就倒在那男孩儿不到一米远的地方。两个男人准备动手了，其中一个嘟囔道："那小孩子好碍事。"老人这才明白那孩子原来是局外人，与四周冷漠地看热闹的人多少有些不同，他心里叹着："那孩子不能躲开些么？"男孩儿却只是抬头看着天，对自己的处境一点儿也没有担心，也没有让开的意思："千万不要下雨啊。"他似乎在祷告。

　　这时，那中年人不知哪里来的力气，突然就地一翻，一把把男孩儿掳到身前，他如同抓住救命草一般，紧紧箍着男孩儿，鬼一般嚎叫着："这里，这不是有了吗？男孩子的心脏啊……"

　　"放过我啊！！"男孩给他勒得有些窒息，表情是带着些惊异，却没有恐惧。

　　"啊，是啊。是个男孩儿没错，可惜不是你的老板想要的那个啊。"一个年轻温和的声音，众人顺着声音看过去，一身黑色制服的少年，手提着一个布袋，正缓缓地拐过街角，走向这边。他的神色从容而坚定，一双充满智慧的眼睛好像总在观察着什么。

　　老人松了口气："是库洛洛啊。"

　　"你……不要啊！"一声惨呼，中年人已经倒在地上，鲜血从他头上一个小洞里流出来，在倒下前，他终于因恐惧而扔开了男孩儿。

　　手执铁棍的两个人愣在那里，惊慌失措地看着库洛洛："这样的工作根本不需要您动手啊。"他们不自觉地弯着腰，不敢看这个矮他们一头的少年。

"路过呀。"库洛洛微笑了一下，"回去交差吧。"

"是。"两人拖了中年人的尸体，逃一般离开。一个小声问着："他是怎样做的？无声手枪吗？""笨蛋。总之很厉害就是了，所以这么小就和老板同级啊。离他远些啊，听说常敌我不分地乱杀人。"街上的人们也如见到瘟神一般早散去。

这边库洛洛正把手里的布包扔向一直站在家门前的老人，"喏！你要的草药。我要是像你一样的老头，就不会随便站在门口看热闹。教授！""教授"，是这老人到这里那天，给自己改的新名字：他并非出身于流星街，却能痛苦地适应了这里的一切，一住就是十多年。库洛洛还是个七八岁的小孩子时，他们就认识了，嗜书如命的他很高兴在这种地方，还可以有个爱读书的小朋友，而且是资质相当不

错的朋友。

教授笑了一下，"我弄到些新书啊。进来吧。"库洛洛却看着那男孩胸前：他的衣服给扯破了，露出胸口，上面有个图案，似乎是文身。教授道："呵呵，你刚帮了这孩子呢！这孩子，都不知道跑，是傻的么？"那孩子终于不再无视周围的一切了，他也看着库洛洛。

"喂！你多大啦？"库洛洛蹲下身，微笑着问。

"十四岁。"

"哦？我大你三岁呢。"库洛洛正想再靠近些，突然感到背后有念力存在，他回过头，一个看上去与他年龄相当的女孩子静静地站在那，似乎并无恶意。她有着血色的双眸。库洛洛有些意外，他继续不露声色地微笑着，心道："这街上也有念能力者了啊。"

男孩儿也看到了女孩儿，叫了声："尼雅。"就丢下库洛洛，起身跑到她身边。女孩儿又看了库洛洛一眼，转身走向街中心一座带阁楼的宅子。男孩默默地跟着她，突然回头对库洛洛喊："我叫迦利。"

库洛洛笑一下，翻着大拇指利落地按上自个的心口："库洛洛。回见，迦利。"

进了教授到处是灰尘和书的破屋子。库洛洛问："那两个人在这里多久了？"

"刚刚那两个吗？不知道啊。你知道的，这里每天都有新面孔，新死人。"教授笑笑，"我也看到那孩子胸口的图案了，是'屠神印章'啊，阿挈美尼得族的标记。不过不会是真的。八成哪里弄到纹着玩的。"

"咦？你的眼睛还可以用啊？不过，为什么不会是真的？"

教授叹了口气："阿挈美尼得是个传说中的民族啊，应该早就灭亡了吧。那是个远离浮世、秘密修行的民族。传说他们的'屠神'，拥有世上最强大的念力。"

库洛洛有些在意，问道，"是有着那图案的某种东西吗？"

教授："准确点说，'屠神'不是什么东西，是人。他们的长老会用特殊的方法找到有某种本族遗传特质的孩子，这孩子能接受几个长老们修炼已久的念力，他因而拥有强大的力量，成为本族的领袖，被称作'屠神'。族人都要铭刻特殊的印记'屠神印章'，来表示对他的依附。"他一阵忙乱地翻出本旧书，摊开在库洛洛面前："这就是'屠神印章'，和那男孩儿的文身图案一样呢。"

库洛洛笑了，对于书本，他总是会得出自己的见地。因为他总是带着问题和需要来读书，而书里的东西，有时放到现实中就完全成了笑话。他漫不经心地问："那样有继承特质的孩子，一定找得到吗？"

教授反而来了兴致："是啊，阿挈美尼得族中总会有。是这个民族的特殊血统吧……"

库洛洛托着腮，静静地开始读书，任他兴致勃勃地说下去。几个小时过去，教授点了灯——继续说下去。库洛洛突然抬起头："怎么了？玛姬？"教授回过神，看到白衣紫发的女孩已经站在面前，他早已习惯了库洛洛的伙伴们神出鬼没，起身去忙别的了。

叫玛姬的女孩看着库洛洛，不安的心情很快平复下来："霍金，他和耗子在打架了。"耗子和库洛洛在集团中地位相当，对年轻的库洛洛诸多不满，或许也没什么不满，只是生存需要吧，两人不停地冲突。而霍金是库洛洛幼时起的伙伴。库洛洛微笑了："那个没脑子家伙。早

晚会这样。我们走吧。"

玛姬有些费力地跟上他的速度飞跑，她刚刚开始修行念力。在库洛洛发现念力、进步神速后，伙伴们都在他启发下，各自开始修行了，并且按他的吩咐，小心地隐藏着力量。大家——霍金、侠客、纳卡、信长，都有些依赖他。

很快，他们到了玛丽区三号街后的一片空地。霍金高大健硕的身影在人群中分外醒目。两伙人打成一团：库洛洛的部下、伙伴，耗子的部下。玛姬喘着气，和库洛洛一起站着，看着对方占上风，毕竟这是群殴啊，凶残而简单，人多就是优势。他们斜对面，站着耗子和几个亲信；耗子人当壮年，尖尖的腮，却有一双沉毅的眼睛。

突然，一个红了眼的家伙拽出了机枪，不分敌我地扫射："哒哒

哒哒哒……"，疯狂的人们一片片地倒下。霍金的眼睛红了，他，爆发了，而且，使用了念力，疯狂地毁灭，一样不分敌我。

玛姬吃了一惊："不能使用念力呀，霍金。"库洛洛拦住她："没关系。"人们更多更快地倒下。耗子看着那疯狂地场景，看着地狱修罗般的霍金，一时不知所措，继而冷笑了，他远远地望向库洛洛，没有逃，多年的经验让他明白，根本无路可逃。玛姬看了库洛洛一眼，向耗子走过去……

吊在玛姬的武器——亮晶晶地钢丝上，耗子死去的脸孔带着诡异地嘲讽地笑：本想消灭库洛洛的主力，本来计算周密，利弊分析的清清楚楚——然而一切在对方压倒性的实力面前都毫无意义，根本决策的基础就是错的——库洛洛，自己与他根本不是同一个档次。不过，库洛洛，别以为自己真的很了不起了，你该去的领域，你根本一无所

知，呵呵……

伙伴们已经聚在库洛洛周围，其中侠客是库洛洛，他是心思最周密的一个，有着一头金发的文雅少年。他问道："这样真的可以吗？"不是质疑，他更了解库洛洛的能力，发问，只是想知道他的计划。

库洛洛不语，微笑着看着霍金解决掉所有人后，恢复了常态，一脸歉意地走过来："抱歉。我忘了不能使用念力。那伙杂碎不该有枪啊。"因为，控制武器，是组织里保持权威地法宝之一。他身后跟着意犹未尽的信长，这两个人都是冲动的"单细胞生物"。

"有什么关系？"信长摸着自己头上地冲天发辫叫道："都干掉了啊，哈哈哈哈哈……还有自己队里的笨蛋。死无对证啊！"

"那不可能。"库洛洛道，"倒霉起来的话，连死人都会泄露秘密。"

霍金和信长两个单细胞生物愣在那里，脑子转不过弯来。

纳卡道："那该怎么办？突然把二号人物干掉，恐怕十老头都要关注了。"十老头，世界黑帮的最高头目们，对于流星街这块自由的后备基地的风吹草动总是很关注的。

库洛洛的语气很干脆："不会。还差得远，吓到十老头之前，我们就被干掉了。"

信长咬牙切齿："什么啊！那些笨蛋杂碎们有什么能耐？！"

侠客摇头道："不要小瞧暗地里掌控世界的黑色力量。相信在他们内部，也有许多懂得念力的高手存在。局限在流星街这个小领域里，我们看到的东西还太少了。"

库洛洛听到这，一笑："没错！看看那个肮脏的家伙！"他望着吊在空中的耗子，"他在笑什么？他在期待着我们在无知中惨死呢！"

纳卡："那我们现在究竟该怎么办？怎么向组织解释？"她身材瘦高，齐耳的直发。

库洛洛微笑了："还记得我们近来一直在收集的东西吗？"

侠客赞叹着："是那些海洛因和军火么？我有些明白了。"

库洛洛："对。那些东西对我们没有用处，却是最有力的证据：耗子私吞货物，我们发现及时，前来夺回，而且伤亡惨重。把众人都虎视眈眈地、当作生命一般的东西交出去，就没有人会怀疑我们的动机。很快，我们就是组织里最值得信任的力量了。"他看看伙伴们认同地表情，顿了一下，接着道："我们暂时还需要待在这里，利用这个保护壳去学习更多的东西，壮大自己。总有一天，一切障碍都如耗子般不堪一击。"

　　大家想着就在一年前，耗子，作为流星街里最强势集团里的2号人物，对于他们，还是那样一个恐怖的存在；而如今，在毫无察觉的情况下，实力已经使他变成微不足道地小插曲。一直以来就存在的事实是：库洛洛，凭着他惊人的天赋、准确的判断力和周密策划力，让一切都在他的掌控之下，没有误差地达成一个个目标。

　　"我们将可以选择，"库洛洛平静地看着大家最后说道："按自己喜欢的方式活着。"此时，月亮在他年轻的身姿上洒布柔辉，他一如既往地从容微笑着，晨星一般的眼眸轻易地把所有人沉浸。

　　除了库洛洛，没人注意到不远处，有两个身影在看着这边。库洛洛想着：是他们啊，迦利和那个叫"尼雅"的女孩子。应该没有关系的——凭直觉。他很少信赖直觉，却冒险地决定例外一次。

　　这边，尼雅望着迦利焕发了神采的脸颊，一时无语。

　　"尼雅，你和他，你们有时很像啊。"迦利轻轻道。

　　尼雅面无表情："别傻了，根本不同啊。我只带来毁灭而已。"

　　迦利倔强地看着她："我不这样认为。"

　　尼雅冲他微笑了，算作安慰："回去吧。在这里偷看，等同于挑衅，很危险啊。"

二、天堂的边缘
——迷惘而清晰的梦

　　深夜。三舍道教授的房门前。

　　天气闷热，教授的破袍子严密地裹在身上不肯脱下来。他手里捧着一个木匣子，喃喃地低语："这次糟了。只有这么多。"

"嗨！糟老头！"

教授慌慌地抬头，看着走来的三个肌肉发达的"野兽"，他们脸上是流星街里特有地夸张放纵地表情。"药准备好了么？什么？只有这么多么？"接下来，就如教授担心地一样，几人开始拳打脚踢；他蜷缩在地上，不叫也不动，突然，越过几人肩头，他看见尼雅面带厌恶地走近来，显然她也很想打人了。教授吓了一跳，他拼命地摆手加使眼色，让她不要多管闲事。她不解，却也没有进一步行动，退到街角，靠在阴冷地墙壁上，看着他像破布团一样被那几个家伙揉搓。终于，三人闲散地晃荡着离去，对于教授，他们连例行地威胁脏话都懒得丢下。药匣拿走了，却没有给钱。不过教授踉跄着爬起来，吐掉一口沙土和血，似乎已经对这种结果很满意。

尼雅："为什么？怕我不是对手？"

教授咧嘴笑了："看外表像是的。不过我知道，你没有把握是不会有所行动呐。呵呵，和库洛洛一样啊，不是任性的孩子。"

尼雅愣了一下，神情很忧伤："是么？"她话锋一转："库洛洛可以保护你的吧？"

他掸着身上的沙土："呵呵，这是……规则啊。优胜劣汰，活不下去就消失，仅此而已。"冲着尼雅眨眨眼睛，他笑道："其实，做药的原料还是拜他所赐呢，呵呵，反正自个没亏什么。"

尼雅忍不住微笑了："你还好么？"

"哎哟，这会想起来啦！老骨头都断啦，怎样？有空陪我这个老头子聊聊吗？就缺个人来唠叨唠叨啊！"

尼雅笑了一下，走过去扶住他，："要打扰您一会儿了。"

此时，流星街以外的广阔区域里，某个城市。库洛洛正站在高高地钢塔尖上，俯视着夜的海洋里，城市化成了一片璀璨的霓虹，与星空交相辉映。

"该回去了。"他吐了口气，舒展身体，轻捷地从塔上一段段地纵越而下，飞一般的感觉让他非常着迷。地面上，侠客正等着他。他很开心地看着库洛洛结束了他的飞行游戏后愉悦的神情，汇报道："没问题了。都抢到手了，没有留下活口。"库洛洛点点头："这是最后一次了，为那些家伙们作无聊的事。"侠客很期待地道："今晚的对手怎样？够强吗？"库洛洛淡淡道："有些意思，值得拿来用。"他是特殊的念能力者，可以盗取别人的能力。

"看来为了修炼，需要冒些险呢。我想弄个大的来试试了。"库洛

洛笑着，似乎在期待着某种刺激的游戏。"侠客，你专心准备猎人考试吧。脱离流星街后，我们需要可靠的情报来源。"侠客笑了："没问题。另外，那批珍品古董，十月十六日到，有打算动手吗？"库洛洛仰望了一下刚刚站过的高高的塔尖，道："不。还没到时候。你先回去同大家会合吧。"看着侠客点点头，很快消失得无影无踪，库洛洛缓缓地自语："突然想去看看教授了。"

教授零乱破旧地居所，却让人觉得温暖自在，尼雅随意地坐上了书桌。教授只有煤油灯，倒是壁炉里兴旺的火苗更亮。他正擦拭着刚拿出的眼镜："呵呵。在这里，其实活得很自由呢，当然，只要能活着，没人会在意你怎样活。"他戴好眼镜，看到厚重高大的书橱和堆

积零乱的旧书旁，女孩儿大理石般的肌肤带着迷人地光泽，双眸艳丽如血，跳动着光影，渲染着这里如同神秘的古堡。教授微笑了，心里赞叹着，略带点玩笑的口吻道："女神啊，我能为您做些什么呢？"

尼雅缓缓道："库洛洛。我想知道他的事。"

教授似乎早就知道了一样，道："是为了那个叫迦利的男孩子么？他很喜欢库洛洛吧？很容易看出来啊。呵呵，库洛洛这小子其实很少管闲事的……"他絮絮叨叨地数落起"那小子"的种种不是。

尼雅平静地打断他："'太阳一样的人'。"教授很感兴趣地望向她道："迦利的第一印象吗？你怎么看呢？"

她望着壁炉里热烈燃烧着的火苗，道："我只是有些好奇。"心里，她看到那个少年微笑着，把忧郁深藏着，却又充满力量，如同地狱里的炼火，热烈而危险。她迟疑着接着道："他好像，随时会痛哭出来。"

沉默了一会，教授酸涩地呵呵笑了："是很容易看透呢，只要你想。呵呵……"他意味深长地望着尼雅，心里盘算着是否要服从自己的愿望，他最后发现原来自己真是想要个人听自己唠叨唠叨呢。于是，如同节食的人面对美食，终于决定要放弃一样，教授酣畅而又慷慨地打开自己回忆的大门。

他把自己埋向椅子里，仰头靠在椅背上，闭上眼睛，好一会，"还以为只有我这个没用的老头子能了解他。那个小子——完喽，话匣子要给你打开喽。"他像在呓语着道："以前的就不要管了。就从我逃到了这里那时候开始吧，十年了。"

放纵着思绪，他完全沉浸在过去的世界里，只顾缓缓地说下去："人真是奇怪的东西，好的时候诸多抱怨，有问题了倒拼命想活下去了。这里肮脏又凶险吧？不过得承认，你一切都习惯了也就好啦，总得活下去对吧？我刚逃进来不久吧，有……两天？记不清啦。我身上那点有用的东西为了保命全扔下啦。那我也还是不放心，这种地方，杀个没有反抗力的老头不用什么理由。下大雨，很像飓风的那种，我反而倒高兴。我啊，蜷在个小街角里冻得发抖，还想：街上人少了啊，安全啊。那时候，突然看见一个小孩子，也就七八岁的样子，抱着什么东西在雨里几乎都走不动，他勉强抬起头，看到我这边有个破棚遮雨，拼命地想走过来。要是不在这种地方，我想我会跑过去帮他过来吧？最后，他终于精疲力竭地坐到我旁边了，喘着气。'会冻病啊，这孩子。'我当时想着，就这么迷糊过去了，饿的吧……

"醒来的时候，天都晴了。那孩子就坐在身边，他真是漂亮啊，眼睛又黑又纯；他正很小心地看着怀里的东西，那是本书，旁边是打开

的油布包。'刚刚就抱着这个啊。'我当时想着，就翻开怀里藏着的惟一的东西，我最后一本、实在舍不得丢下的书给他。'拿去吧。'我啊，以为自己反正要饿死啦，碰上个这么个爱护书的，送他好啦，可能他只会拿去换钱吧？这么小的孩子。结果他拿起来看了一眼，就说：'古本的《古经》啊！'"教授尖着喉咙，学着孩子的声调说着，他脸上荡漾着发自心底的笑容，尼雅也不由自主地微笑了一下。

"我吓坏啦，又来了力气，就说'你你你……认识古莱比文啊？'他说学了不久啊，果然比我们自己的文字难些。我那个惊讶啊，天才啊，可惜！在这种地方。我已经没力气再问了。这小子很机灵啊，他就说：'你饿吗？帮你换钱来？'我又吃了一惊。在那种地方，居然有人会在乎我能不能活下去。不过，我苦笑着告诉他：'不行！我死

了以后随你怎么处置它都行。'他就瞪大眼睛说：'你不要命啦？'我那时居然还有耐心，可能是这小子太特别啦，我教训他说：'孩子，生命里总有你必须坚持的东西，那是你自个儿选定的，那样才是活了一次啊。你想想看：只活着什么都不想，那样的人生多无聊。'哎，我当时就想，他怎么会明白啊？结果我又想错啦。他愣了一会儿，就站起来说：'我手里这本拿去换钱。'我心里可一热啊，可他接着就说：'老头儿，好在我觉得你比这本书值钱。你很懂古书吧？'呵呵，那个臭小鬼！"教授似乎又看到了那小小的男孩一手插兜、努力做出很不屑的表情看着自己。

"这孩子对流星街比我熟悉多了。他认为我该住在这个区里，会比较安全。'你没用啊'他当时这么说，——那个混球！替人鉴别古书，加工麻药，我总算可以活下来。"教授停了一会，似乎在回忆那

段痛苦的适应期。

"在这么个没有什么道德标准、血腥又无情的地方，他是个另类。我始终觉得，遇上了我，他的人生更加偏离；因为我啊，怎么说呢，偏偏也看不惯屈服给命运的人；真是倔强啊，不，应该说是近乎拼命地勇敢，他始终不肯老老实实地过上流星街里的人们该有的日子。"

教授沉思着："当然，这里的很多人都向往过外面充满阳光的世界。这孩子的悲哀在于他太聪明了！他很耀眼呢，很早就给选出去外边干过几次'营生'，啊，你知道的，不外乎杀人啊、运毒啊之类的。很快，他就告诉我说：外边的世界太美丽，注定是陌生的他乡。"

尼雅听到这里，一怔。她愣着："陌生的他乡吗？是呢，无法从心底摆脱的，终究还是自己的故乡，哪怕那是地狱也一样。"

　　教授并没有注意到尼雅的心潮起伏。"是啊。这里的孩子一出生就注定了是不被祝福的，外面容不下他们，留下，就跳不出血腥和残酷。不管你愿不愿意，恐怕最后也只有接受，为了活下去啊。他偏不。可是，为什么那么早就明白了？那时他不过十二岁啊。做做梦有什么不好啊。"教授想着那时候，库洛洛同样大的孩子那时还应该对外面大千世界里的东西满怀憧憬，就觉得眼睛涩涩的想流泪。

　　"他还是拼命地什么都学，在找答案吗？我曾经以为他不会了。他也无谓地反抗，那阵子，他简直犯了众怒。我以为：他完啦。连梦都没法做的日子，怎么过呢？"教授揉揉眼睛，咳嗽几声。

　　沉默了一会，他继续说下去。

　　"十四岁时，这小子除了本领大些，酗酒、残杀、混乱地交往，真是典型地流星街新秀呐。他还偷偷地学会了念那种东西，更强了。不

过在我看来，他早就只剩副壳而已。"教授吐了口气，"后来，终于有一天，他想死了。我赶到的时候，人已经昏迷啦。他几个小伙伴拼命地要我救他。因为我的医术可不赖啊。我却在犹豫：这个孩子，是不是这样更幸福？我，实在不想看着他那样活着，真是受罪。"教授迟疑着，眉头紧皱，似乎又重新面对那个难题。

　　尼雅静静地望着教授，他并没察觉到自己的表情有多么困扰和焦虑。尼雅突然非常不忍，她很明白，这个陷入回忆中的老人，虽然谈起这件事来轻描淡写，但在当时，他一定是很痛心的吧？她又自问："如果只剩下我一个人，我又能在这世上支撑多久呢？"

　　"最后我还是救了。"教授把自己更深地陷进椅子里，"我告诉自己，那个臭屁的小子，估计喝多了酒，一时想不开罢了。整整三天，

他才醒了过来，身体虚弱得很，脸色苍白。可我能做的也只是说：麻木点儿吧，这就是生活。"教授深深地叹了口气。

"呵呵，很无聊吧？不过，他倒是好像找到什么乐趣了一样，那以后，他似乎不在同自己过不去啦，恢复了活力和神采。"教授微微笑着："还是很痛苦吧，就是不肯认命啊。恐怕永远都无法释怀啊，总有些东西，一辈子也忘不掉。"他晃了晃头，似乎有些累了："可怜的孩子……不过，似乎在组织里爬得很快呢，这样地天才去犯罪，世界真是有'福气'啊……"

尼雅不记得怎样告别的。意识到时，已经孤零零地站在寂静昏暗的街上，心口疼痛沉闷，好难承受；她深深地呼了口气，那更像深切的叹息。库洛洛，他早就到了门外，默默听着门内的陈年旧事；尼雅出来，他已经不知不觉地跟着走了很久。此时，无可抵御地，给那一

声叹息击中了，泪水无声地冲下了脸颊：他是个忠于自我的人，并不回避自己的感情，只是，确实很久没有体会过了，酣畅地流泪的感觉。尼雅回过了头，库洛洛流着泪，平静地望着她如同染自夕阳的双眸，她的目光坦率而忧伤。

"你还在寻找天堂吗？"她突然开口问。

他的眼神里透出坚毅和偏执："不。"带着泪花儿，他笑了："知道吗？神说谎了。天堂是要自己造的。……你呢？"

尼雅的泪水终于夺眶而出，她的声音颤抖着："那时候，我还不懂，究竟什么是天堂。所以……我毁了它……"

教授缓缓地转过身，看着突然打开的门，库洛洛依门而立，他略

显疲倦的脸上，已看不出泪痕。教授："大事件啊。尼雅和迦利，他们当真是幸存的阿挈美尼得族人呢。刚刚她来过，讲了很多。我呀，真该把胡说八道的破书烧掉……"库洛洛毫无反应，只是默默地放下一包草药离去。教授愣在那里："你这种眼神，我很久没看到了呢，库洛洛。"他若有所思地神情里，透着复杂地忧虑，仿佛刚刚看到的是某种不祥地预兆。

三、Revolution
——幻影旅团

深夜。某大厦的顶层。
昏黄的光线射凭栏交谈的两个人身上。一个正当英年，瘦高的个

子，脸上棱角分明，显得坚毅、精明。另一个年龄稍大些，一双鹰眼炯炯有神，正盯着同伴的眼睛："J，别犯轻视对手这么低级的错误。"J缓缓道："怎么了？四猿？担心对他们念能力的测评有误吗？"

四猿眯起那双鹰眼："我不是这个意思。你、我，犯罪总还有理由、有目的，而他们则是为犯罪而生，百无禁忌。" J轻轻哼了一声："你又来了。对付流星街的人，这是第几次了呢？哼，难为你这些话连个字都不换。"

四猿："就是因为你很自信完全了解了，才危险。仅仅用'流星街的人'来概括对手，还没打你就已经输了。"

J微微叹了口气："十几年了吧？你，居然在怀疑我吗？"

四猿拍了下栏杆，侧身朝向他，撇了撇嘴角："哦？跟没法信任

的人搭档，我有那么笨吗？"J看着四猿，微笑了，道："这次是流星街自己人的委托：头号人物想解决不安分的危险分子，所以，情报资料比任何一次都充足可靠，而且，我打算带主力去。根本没什么好担心的。"

四猿："具体呢？"

J："为首的叫库洛洛。一直很被头号人物雷蒙看重，所以资料很完备。只是，他们似乎最近才发现他是念能力者呢。至于有多强，我派了'白头K'去试试。呵呵，很快就有答案了。"

四猿："嗯。这小子很有心机啊。"

J："到底还是小鬼，料不到老家伙会这么兴师动众，找到我们头上吧？动作要快才好，那就万无一失了。"

四猿："时机呢？"

J："流星街的珍品古物要进市了，十月十六日，我看那小子会动手。"

四猿："那可是流星街每年的重头戏吧？十老头也有份，他会那么莽撞么？"

J冷笑着："所以我说：这次是万无一失。同'屠神'搅到一块，他还真是不够运气。"

"什么？"四猿略一思索，"据说这批珍品里，有件是出自阿挈美尼得族的地砖吧。"他也笑了："呵呵，没错呢。还真是你我才有便宜的买卖啊。"

J看着晦暗的天空，似乎在自语："古董之所以珍贵，是因为它让人有机会触摸历史。尼雅，你绝对不会允许那样的事发生的。呵呵，可悲的人。"他心里默默地盘算一下，如果能看一下那小子对青砖的反应就最好了，如果他很了解，那绝对就没错了。他一定会协助尼雅，对那批古物动手的。

四猿看着J沉思的表情，突然道："J，难道这次，你想连'屠神'一起解决掉吗？"

J回过神，看到四猿严肃忧虑的神色，肯定地答道："是啊。五年了，就算阿挈美尼得族的遗址里宝物成堆，我们也付出得太久了。"

四猿露出恐惧的神色："可是，'屠神'的力量有多可怕，你我都很清楚。"

J认真地看着他："啊。要不是顾虑这个，我们早就动手了吧？所以，我们才费了那么多的心血拿到那块'封印之石'啊。"

"那石头是我们的王牌啊。可是，如果它根本不能封印'屠神'

呢？"四猿的表情越发的忧虑。

J转过身，背靠着栏杆，以便可以更清楚地看着四猿："你忘了么？那个恨不能喝她的血的阿挈美尼得族的长老，他临死前，那让人战栗的仇恨的表情？我不认为，他会特意欺骗我们。"

四猿当然记得，那次机缘巧遇，他们发现了阿挈美尼得族惟一幸存的一位长老，他是族中三大长老中的一位。可惜，他那时已经奄奄一息。他们看到了他对第五代"屠神"——尼雅的刻骨仇恨，却什么都问不出来。最后，根据死去的长老身上找到的图纸和少得可怜的注释，他们偷偷潜入阿挈美尼得族遗址，费尽艰辛，找到了那块"封印之石"。

"'屠神的生命等同于此石'——那祭坛上是刻着这样的字。"四猿喃喃道。

　　J 点了支烟，"所以，可能正是顾虑这块石头，她一直没有轻举妄动。"他吐着烟圈："求安全，就别做事。这话对你我这种人，尤其有用。"

　　流星街。轮道区十四号。

　　流行街头号人物召开的聚会，自是严密有序，戒备森严，不过气氛却似乎没什么异样，显得这次聚会没什么特别。库洛洛规矩地端坐在位置上，环视四周严肃沉闷的面孔们，心道："真是没有美感的聚会。哦？看向这边了。"头号人物雷蒙的目光正扫在他脸上，牵了一下嘴角，这是交流和招呼的表示。库洛洛谦恭地点一下头作为回应。在别人眼里看到了器重与默契，两个人各自在心里冷笑。

　　会议很快进入正题。本年度的珍品一件件地在要人们面前掠过，众人对其价值进行确认，以便利润分配，这之前的评估是集结权威专家进行的。

　　"最后一件，"负责专员显出为难的神色"初步认定是出自阿挈美尼得族的物品，但是进一步的……因为史料实在太少，这方面的专家也不多，我们动用了人才库所有储备……"

　　雷蒙打断他："告诉大家结果吧。"

　　"是！室内青石地砖，无伤损，纹饰简单，与史书图例相符。历史难考，艺术价值不高，但因为阿挈美尼得族极少有古物传世，所以估价还是达到四千万乔尼。"

　　"大家的看法呢？"雷蒙的目光扫过众人。

"还是，太低了。"库洛洛温和而沉静的声音清晰地打破沉寂的空气，"纹饰确实简单，不过那是阿挈美尼得族文化历经漫长的发展最终简化的结果，六个线条，代表坚韧、睿智、广博的精神。"众人集聚的目光中，他平静地走到地砖面前，手指划过它上面流畅圆润的线条。"曾经是这样、这样，再到这样。"繁复到简洁，众人眼里，那简单的图案因为丰富的内涵变得神秘迷人。

"而且，这里的红色，叫变异普紫红，是用混合极其稀有的胭脂虫体液制成特殊秘药，提自人类的鲜血，可以恒久鲜丽。阿挈美尼得族灭亡后，这种秘方也已经失传了。"

专员惊愕地道："确实，在修饰展出之前，那红色就是很耀眼的。那么说，这地砖……"

"没错，鲜血造就的红色，代表这是祭坛里才有资格用的地砖。用

化学方法，很快可以得到更直观的证据。珍贵程度，不用多言了。所以，如果只估四百万乔尼，亏本事小，简直有损流星街的声誉。这件至少，应该达到四千万，起价。"

稍一沉寂后，众人欣喜的掌声伴着钦佩地目光罩着库洛洛，这意外地横财让本次会议几乎如新年欢乐会般收场。

雷蒙坐在休息室里，表情沉郁。"呵，知道得那么清楚，果然和'屠神'搅在一起了吗？不过，他一向很渊博的，可怕的天才啊。"他的思绪回到很久以前，自己开始注意到库洛洛，那个有着让人恐惧的才干的孩子。很多人注意他，不过他似乎跟一切人过不去，那是种简单绝望的抗争，等于变相自杀。雷蒙又想起那个吹着干冷的风的夜晚，他巡视组织的据点，看到自己一直注意的库洛洛，被铁索钉在墙

上，满身伤痕，面无表情。

看到雷蒙询问的目光，同行道："哦，这小子太不识相，难得我费那么大力气争取他。"

"怎么？没有高级一点的办法么？驯狗还要技巧，何况你要的是个忠心的下属。"他当时轻蔑地笑笑道，其实心里比别人更明白争取这个看透一切的孩子有多么难。

"我已经很有耐性了。"同行疲惫地苦笑一下，"最后，只想出口气了。"

雷蒙走近些，仔细看看，心道："原来用了'苦鬼'（一种刺激神经的毒针），够狠毒，难怪这样折磨还没有失去知觉，等到感觉不到疼痛时，也就是该去阎罗那儿了。"

"很难受吧？你究竟想怎样呢？"

库洛洛艰难地抬眼，微微打量一下他，淡淡地笑。

雷蒙抬了下眉毛："要死的话，太容易了。无论你想要什么，活着才有机会。"

他审视着雷蒙，仍是不说话，只是挑着流血的嘴角微笑着，那双眸子很明亮。

雷蒙掏出了烟，点上，思索了一会："小子，来试试看吧，我能给你的东西；我们俩，都用点心。"他知道在那一刻，自己是认真地想让这个倔强地天才明白：有时候，适应比试图改变要幸福的多。然后，库洛洛，一定会是自己留给流星街最得意的成就。

那孩子是怎么想的呢？不知道啊，只是当时，他点头了。

"雷。"雷蒙一惊，从回忆里跳出来，看到那个带着一身血污的男孩已经是个挺拔俊雅的少年，仍是微笑着，站在面前。"哦，库洛洛啊，今天很精彩啊。不枉我特意调你过来。"

库洛洛静静地看着他，等待下文。

"那么，你可以回去了，好好照看军火，把它们平安地推进市场。"

"是。那么，我走了。"

门关上后，雷蒙回过头，看着四猿和J从侧间走出来，他皱着眉："你们不应该在这里出现。"

J微笑一下："放心。我们可不是业余的。他的实力，摸得差不多了，虽然牺牲掉个好队员。"

雷蒙："那么，需要我再做些什么？"

四猿："不，只是问个问题。因为'屠神'也搅了进来，才委托我们么？但是，我们追踪了她几年的事，极其隐秘，你怎么会知道？

可别说些情报网之类无聊的借口。你们、我们根本是两个世界。"

雷蒙颇不以为然地一笑："别小瞧普通人世界的——黑道啊。还是那句话：只是库洛洛，我们自己就可以动手了。麻烦的只是屠神印章而已。"他站起来伸展一下背，"尽心去完成使命吧，别为无聊的事分心。"他缓缓踱出二人的视线。

四猿和J对视了一下，J冷笑着道："哼……算了。"

第二天。深夜。阴暗潮湿地建筑废墟里。

库洛洛站在一个小土包上，看着同伴们四散坐着，期待地望着自己。

纳卡担忧地注意到他苍白的脸色，说道："那个白头发的对手，很强啊。"库洛洛低下头，若有所思："嗯。几乎是他找上我的呢。"击

了一下掌，他环视一下众人："那么，言归正传。"自信地微笑着，他

了一下掌，他环视一下众人："那么，言归正传。"自信地微笑着，他的目光凌厉，声音缓慢而低沉："出发前，我再重复一次：今天是我们开始胡作非为的、自由生涯的——独立日。"众人不由自主地兴奋起来，甚至超过昨夜，等了很久啊，从认定这个领袖那天开始。

库洛洛很满意众人的反应，"出发！"他的食指和中指在空中凌厉地一挥："干掉他们！"伴着霍金一声粗狂的欢叫，十二道飞影划过灯火晦暗的城市。

玛姬飞驰着靠近侠客："库……团长为什么突然改变主意？上个星期，他还说，时候未到。还有，那个特意来挑衅的对手，他一点也不怀疑吗？那青砖真的那么重要吗？"侠客翠色的眼睛闪过狡黠的光："放心吧：他越想要，就越不会出差错。他是我们的团长啊。"玛姬感觉着背部微微地疼痛，那是崭新的蜘蛛文身，她笑了一下。

那是昨夜，库洛洛站在光影交错的废墟上，看着他的伙伴们说："从今以后，为了效率和争取最好的结果，我们要组织起来，各施所能、计划周密地行动，就像这个。"他望着抬起的指尖，那上面，一只黑色的蜘蛛挥舞着八脚挣扎着，"我是头，你们是脚：服从我、协助我，把命运交给我。而同时，我们都是为了整体而存在。"他弯下腰，看着那个属于黑暗和阴冷角落的生物逃走，抬起头时，他的目光坚定而锐利："记住，整体永远高于部分。只有'幻影旅团'，我要它一直存在下去。"

幻影旅团，不会因为任何部分的缺失而毁灭。

四、逝去的和留下的

　　J 正靠在保险仓的库门上，库里是那批珍品古物。他突然冷笑道:"来了。"他身边是配合默契的精英部下们。"放轻松些，你们每个人都可以和那个头打成平手呢，呵呵呵……不过效率起见，还是，我来吧。"他缓缓上前几步，"哦？刚好是一对一对呢。"

　　几番交错，如同围棋盘上的布局，双双对手们遥相呼应地占据了各自的战场。库洛洛极其巧妙地使保险仓内部成了自己和 J 的战场，此时，他正面对着 J，拉开安全的距离，微笑着。

　　J 很是诧异库洛洛的平静: 面对本应是微不足道地流星街武装护卫在这里出现如此多的，实力相当的念能力者。库洛洛看着 J 尽管预测有误，却丝毫不乱阵脚，不由很是兴奋:"不愧是经验丰富的杀手。"

　　J 冷笑着，看看周围摆放的古物，"真是暴殄天物那，可惜啊，顾不得了。"他的攻势凌厉而至，库洛洛的闪避无懈可击。几个回合下来，J 在心里暗笑:"动作开始不那么利落了呢，'白头 K'牺牲了性命，终于有作用了呢。咦？"

　　库洛洛端正地站在那里，手里平托着一本黑色的书。

　　"原来如此。就是那本书吧？ 使用偷来的能力时必须拿着的道具。哼！"

　　库洛洛的左臂在空中划过优美的曲线，一瞬，本来就不大的空间里，连串的念弹爆破。威力大得将保险仓钢筋的墙壁震塌。烟尘稍散，J 安然地半蹲在地上，正挡在库洛洛前方，那一连串的攻击虽让他忙碌，却未伤分毫。而库洛洛，手里托着那本书，喘息着。二人周围，所有的珍品都未能幸免，化为齑粉。

"想逃吗？呵呵，好慢的速度。"J冷笑着。

库洛洛略微平顺一下呼吸："你在说什么啊？"他狡黠地笑着："我只是，让位啊。"

J道："什么？"此时，他突然感到外面，至少两道很强的念力在逼近着。J诧异地有些心慌，暗想："这是怎么回事？这是什么人？力量明显高过我。"

库洛洛轻松地笑笑："你是个好手啊：确实强过现在的我。不过，和十老头的精锐部队——'阴兽'比，还是有些差距呢。"

"噢。是传说中的黑帮最精锐部队啊。"J不由得狂笑了，如释重负："居然还不明白吗？雷蒙想除掉你啊，连上司十老头的部队都调来了呢。难怪他会说自己就可以解决。"

库洛洛面容平静："他连这都透露给你们？真是善良啊。不过，还是准备好迎战吧，这是我出于尊敬的忠告。"他微笑了一下："还有，想被从这个无聊的地方除名的，是我自己。"

此时，那几道力量的主人已经到了仓库门口，冲过了倒塌的钢壁，库洛洛轻松地转身，"那么，拜托你们了。"话音刚落，"阴兽"们已经擦身而过，速度快得只剩下残像。

J仍给那席话蒙着，脑子一片混沌。他的脸色开始苍白："难道？呵呵呵……被雷蒙卖了呢。"他抹去额头上的冷汗，"来吧！"

那三个人却不慌不忙，一个瞧着库洛洛离去地背影："哟，刚刚过去那是雷蒙的得意部下喽？呵呵……很卖力呢。难为他冒死来这里拖延这群家伙。"

另一个瞪着J，刺耳地笑着道："只剩这个混蛋了。敢来偷就算了，居然把珍品都毁了？"

库洛洛走到混乱的战场之外，吐了口气，懊恼道："都没来得及偷，那么有趣的能力。"

很快，回到旅团隐蔽处后，他就发现，有人不只是懊恼，简直是出奇地愤怒了，霍金金刚一般火红的双目在发狂地捶地，已经制造了面积惊人的土坑。

侠客靠近库洛洛："他似乎很痛恨不能打败对手呢。都给阴兽解决掉了。"库洛洛笑笑，突然跃到霍金身边，一托，霍金握着拳头的手停在半空："喂！实力不济确实不会让人舒服啊。不过，我们是盗贼啊，不是斗士。所以，不要过于在意了。"转向大家，他缓缓地从怀里掏出一样东西举起："拿到了。分毫无伤。"

那块阿挈美尼得族的青砖。它艳丽的色彩中，红色最为醒目，热烈地在月光中绽放着，让人迷醉。

霍金是惟一一个没被打动的人，他看着库洛洛："一开始就打算让阴兽们来解决的吧？团长。"侠客走过来，阳光般笑着："啊，那个，霍金，计划什么的，你从来不关心那。"信长瞄了一眼库洛洛脸上淡淡的笑，道："谁叫你喝得烂醉回来啦。"

"啰唆！我只是……"霍金握着拳头说不下去。

库洛洛平静地道："放心。我保证：会越来越强的，我们都会。"霍金抬起头，看到那一双寒星般的深邃双眸，笑了："我一直都知道啊，团长。"

而心里他则在发誓：霍金，你要成为强化系的最强啊。阴兽么，早晚我要一个人解决。

　　库洛洛默默地望着头顶钢椽在地上的投影，想着：那边差不多也该开始了。

　　流星街。三舍道。尼雅和迦利的住处外。

　　四猿与尼雅地对峙着。

　　"是你啊，追踪着我的人？"

　　"啊。"

　　"五年了吧？只是这样吗？"尼雅看着四猿和他身后三个部下。

　　四猿道："足够了。"心里打算着："那么，是先练练还是直接封印了好呢？我也想试试自己的实力啊……"

　　尼雅突然觉得自己有些不耐烦："拿出来吧。那块所谓的'封印

之石'。"

　　四猿愣了一下，继而恢复了自信，道："哼！你那么想试试吗？"他按照遗址里石壁上的记载，拼命地将封印之石丢出去，毫无效果：尼雅站在那里，安然无恙。

　　尼雅平静地说："很遗憾，散布那块石头可以封印'屠神'的传说的人，正是我。'封印之石'，连这个名字都是杜撰。"

　　四猿已经变了脸色，问："你这话是什么意思？"

　　尼雅轻轻一跃，退后一些，小心地拾起那块石头。望着它身上笼罩着的蓝色光芒，她心里很悲伤：长老，就算是那样仇恨我，你还是保守了秘密。定一下神后，她缓缓说道："'屠神的生命等同于此石'——你们看到这句话了吧？所以才那么卖力去找它。而我只是

在那基础上，误导了你们。它确实如'屠神'的生命一样重要，不过，可不是用来对付'屠神'的。"

如同五雷轰顶，四猿惊讶地呆立当地，想到J，他还没有放弃，试图拖延着，他冷笑着问："你完全可以早就消灭我们吧。"

尼雅微笑了一下："要一个人对抗一个严密的团体是很难的。何况，你们知道很多，我不希望有遗漏。不过现在，你们在仓库那边的同伴们，应该已经先走一步了。"

四猿正观察着地势，心里打算着，是没有胜算了。但是，就算只有万分之一的机会，也要想办法逃，突然听到她这样说，大吃一惊："怎么？"

尼雅欣赏着他的表情："哦。你们算定库洛洛会输吧？但是，库洛洛可没打算自己来打啊，换上十老头的'阴兽'会怎样呢？"她一

边说着，一边在心里感叹着："库洛洛，哪怕实力对比悬殊，也能运用精准的战略，达到目的。可怕的能力。"

四猿面如死灰，嗓音嘶哑："一开始，就是个骗局吗？雷蒙……这个混蛋！"

他突然觉得苍白而绝望。但是，感到身后部下的恐惧和沮丧，他强迫自己镇定下来，回头吼道："等我也死了，你们再害怕也不晚。"他发红的眼睛瞪向尼雅："你刚才说我们是严密的组织？正是！我一直以身处其中而骄傲呢。我，要证明给你看，它有多优秀！"

这时候，教授正和迦利坐在火炉旁闲聊。教授看着面前这个同样有些倔强的男孩，自己笑着想：虽然不爱说话，不过也不愿意把感情藏在心里呢，这个孩子……

迦利的心思在门外不远处的战斗上："她可是'屠神'啊，曾经掌握一个民族的存亡呢。不过，这次，他们是小瞧库洛洛了。"

教授笑了笑："在我看来，尼雅的改革也没那么糟吧？怎么后果……"

迦利盯着自己的脚尖，语气坚决地："我不想谈那段历史。"他一回神，红了脸："对不起。"

"啊，算啦算啦。"教授回答道。

迦利继续道："不过，我想告诉您：我认为她做得够好了。只是，她虽然能先我们一步看到未来，还是没能挽救。"

教授呵呵笑了，说："我明白。沉迷于武力，淡忘了自己文化的民族是走不多远的。"

教授脑海里又闪过那个被蓝色、灰暗的过去回忆占据的夜，那女

孩神情忧伤地讲着：因为我赤色的眼睛，他们欢呼，说我是天神赐予的力量；当意识到将要灭亡时，我又被称作天神的怒火，他们仍旧崇拜着我，不，我身上的力量，走向毁灭。我的民族，曾经创造过灿烂的文明，什么时候变成了这样的？我努力想改变过，却只是徒劳。它消失了，连带着好的、不好的。而我们幸存的人，从此到哪里都是在他乡。魂无所依，永远的……

这时，门开了，尼雅走了进来，她看上去没有一丝异样，对迦利道："迦利，去试试吧。没事的，你很强的，还有两个人，朝着东北方向追去吧。"

迦利像在决定一件很艰难的事一般，终于点点头："好！"

教授有些诧异地看着这一幕："怎么？"

尼雅道："哦，迦利决定加入幻影旅团了，我想他需要锻炼。"

教授迟疑着道："因为，库洛洛吗？"

尼雅微笑着，似乎没什么感觉："我们不一样。流浪了这么久，我忘不了故国，他只是期盼着一个能容纳自己的地方。现在，我知道他心里有答案了，只是，需要我帮他下决心而已。"

教授看向她的眼睛："你呢？"

尼雅："不知道，可能，继续流浪吧。"

教授无奈地摇摇头："这算是自我惩罚么？"

尼雅："不。只是，我不想勉强。"教授深深叹了口气：因为容不得一点对缺陷的妥协，加速了最为珍视的故国的灭亡。那么，现在，还有什么可以让她妥协呢？

中午。流星街。轮道区十四号。

雷蒙深陷在椅子里，审视地看着库洛洛。这个少年仍那样挑着嘴角微笑着，静静地望着自己。

"很顺利呢，库洛洛。一网打尽？"

"是。"

"呵呵，我们最后一次合作，依旧这么完美呢。"雷蒙的笑有些苦涩，"记住你的出身！不管你愿不愿意，那是永远不可抹去的，包括你在这里学会、接受的一切。"

"啊。我知道啊，早就知道。"库洛洛嘲讽地一笑，"虽然并不欣赏，我始终没有忽视它的意思。哦，是没办法忽视。"他站起身："那么，再见了。"

"哦,对了,那青石地砖,算作我给'屠神'的礼物。"库洛洛回头看看他,微笑了,道:"没瞒过你啊。"

"今后,不要冒犯流星街。"雷蒙的眼光加上了坚定的力度,炯炯地望着库洛洛。库洛洛回望着他,"其实,这次你肯合作,也是迫不得已啊,雷。"他顿了一下,似乎在考虑要不要说出口:"你明白的吧?当认为可以保证旅团的利益时,我不会在乎会触犯谁。我不需要向你保证什么。"

雷蒙心里苦笑着:"老头子,你只是不肯认输。十年的心血,还是没能收服他。"他最后无耐地道:"臭小子,我是很用心了。你有没有用心啊?"

库洛洛转身走向门口:"我有啊。"

"等等!"雷蒙突然叫道,他起身走到库洛洛面前,看着这个少

年,似乎,用尽毕生的力气,狠狠地抽了他一记耳光;然后,他觉得浑身无力,勉强道:"你走吧。"

库洛洛面无表情,走廊里回荡着他空洞地脚步声;他用手抚摸左边的脸颊,那里火辣辣的,他低声自语:"这次特别的疼呢。"点点滴滴,生活的积累,会在心里扎根。所以,就算是不愿回首的过去,当决裂的一刻到来时,一样会痛的。

午后。城市的某个角落。

尼雅看着迦利疲惫的神情,道:"很快就会习惯的。"

迦利低低地道:"他们求过饶的。"

尼雅:"那是因为他们没机会杀你啊。"她又忍不住安慰:"放心

吧。弱到肯求饶的对手，今后会很难碰到，你的那个团长，只喜欢危险的东西。比如，留着教授在身边那么久。"

迦利惊讶地看着她："教授？危险？"

尼雅叹了口气："记得我说过吗？哪里都有它的生存规则。在流星街，人们会学会与所有的人保持距离，几乎是被迫的，亲密和信任哪怕存在，也不可以轻易给第三方察觉，那是极其危险的。"

尼雅装作看不到迦利令人难过的表情："所以，我以为你早晚会发现：教授，是雷蒙特意安排给库洛洛的‘教授’呢。说起来，这计划真是让人钦佩：在库洛洛成为自己的部下前就安排学识渊博的心理犯罪高手在他身边，而库洛洛当时还只不过是个孩子。可惜，库洛洛也察觉得很早呢，干脆征服了那老人的心，赢得真是彻底啊。可怕的敏锐和韧性，那两个家伙——雷蒙和库洛洛。"

迦利呆呆地站在那里，感觉自己就像个傻瓜，有些伤心、无奈，更多的是恐惧。

他突然想到什么，疯狂地奔跑起来。尼雅沉默地跟在后面。

终于，教授已经成为废墟的小破屋赤裸裸地闯入眼帘。烈日下，那样刺眼。迦利立在那里，无话。

尼雅缓缓道："雷蒙是给气疯了吧？下手这样残暴。"

良久。迦利转过脸来，他平静了很多："尼雅，我一直都很笨，永远也没办法同你比。"

"不过，既然我选择了，就要去适应，我会尽最大的努力。"他低下头，轻轻道："所以，不要再为我操心了。一直以来，谢谢你了。"

尼雅看着他，笑了："我知道。不过，你是我作为印章最后的使命，是我最为珍视的人，请不要忘了。以后，你要多一点防人之心，哪怕是身边亲密的战友。"她轻轻地离去，其实还想告诉他："真高兴你可以过上自己选择的生活。迦利。"

废墟中，有什么刺了一下她的眼睛，背对着迦利，她不必再掩饰悲伤的心境。恍惚中，她好像又看到那个老人站在面前，弹着身上的沙土，淡然道：活不下去就消失，仅此而已。

尾声 未来（二）
——选择

天刚破晓。古林。湖边。
库洛洛慢慢地向尼雅走近。

尼雅没有看他，只是道："突然想起很多以前的事。知道的吧？库洛洛，那时候，四猿手里的那块石头，真的对我很重要呢，虽然它的名字不叫'封印之石'。"

"嗯。应该叫，胡杨石吧。和我手中的书的作用一样，是个道具，你继承的能力要靠它才能发挥出来。没有它，你算得上是高手，却绝对做不了'屠神'。"库洛洛冲尼雅说道。

尼雅解嘲般地笑了："我那时没有告诉你实情。你怎么会任我骗你呢？"

库洛洛懊恼的表情很夸张："那时候还不知道啊。后来才想到：他们耗费几年的心血，只是弄到块废物吗？"

尼雅摇了摇头："不。你肯装傻，是因为凭那时候的你，我不用借助外力也可以解决。"她缓缓地站起身："现在，连胡杨石的缺陷你也已经知道了吧？而我，也没有把握能够打赢你。"

　　库洛洛专注地欣赏着她艳丽的双眸，道："团员之间禁止自相残杀。从你决定加入旅团那一刻起，我再没有机会和你作战。"

　　尼雅的语气很坚决："抱歉。我还是，不能勉强。"

　　库洛洛看着她，面无表情："你改变主意了？"

　　尼雅看上去很轻松："没错。哪怕是个失去了一切的印章，我也愿意只是这样活下去。"

　　库洛洛看着她，好一会，笑了："那么……"他缓缓地抬起左手，尼雅开始让身体进入战斗状态，凝神注视着他，才发现，他额头上缠绕着纱布。他只是在轻轻将那东西揭下。

　　她突然大吃一惊，好像全身的血液都已经凝固，在他曾经光洁的额头上，眉心间，赫然是那个代表着她所有珍视和理想的图案："屠神印章"。

　　注视着面前的这个人，她不知不觉地流泪了："你……真是够蠢的行为……"

　　库洛洛微笑着："嗯。可以纹在这里吧？我喜欢招摇些。"

　　尼雅强行让自己的声音平静些："为什么？"

　　库洛洛："啊。我知道，你不需要我这个样子来说：不要绝望。"微笑着，他轻轻抚摸着眉心，"只是，留下个联系的纽带吧。你知道，我早晚会偷你的力量呢。"

　　尼雅只是望着他，终于，她恢复了平静，微笑着道："是吗？那可不会很容易啊。"

　　远处，太阳已经升高，照耀着山谷一片锦绣。

　　梦，即使碎了，那碎片也闪耀着耀眼的光芒。

三章 王者圣传

PART 3 WANG ZHE SHENG ZHUAN

九曜往事

■ 出处:《圣传》

■ 原著：CLAMP

■ 文：橘文泠

　　此地百花繁盛，此地平安祥和，这里是没有痛苦和悲伤的净土，是凡人无法企及之处，这里是神族的永久居所。

——

　　善见城，天帝所居住的城池，此任的天帝被誉为开天辟地以来最英明的君主，如今他正当盛年，天界在他的统治下只有安宁与繁荣。

　　善见城中年老的侍女迈着蹒跚的步伐，慢慢地走过阳光照射着的长廊，经过她身边的人们无一不注目地她离去的身影，但他们注意的对象并不是她满是皱纹的脸，而是那两个跟在她身后，稚嫩的脸上正流露出掩饰不住的紧张的少女。

纤细的肌肤，美丽的容貌，完全新生的美丽，而且是一模一样的容颜，就好像镜子映照出的两个世界。

少女的生命力与年老的侍女形成了非常鲜明的对比。

"那就是下一任星见的人选吗？看起来还是小小的女孩儿嘛。"一边的人群里传出了窃窃私语的声音。"而且怎么会有两个呢？两位星见是无法容于一个时代的。"

"可是这两个孩子是在同时刻出生的孪生子，所以都有成为星见的资格哩。"

"但是还是……"

就在这样被刻意压低的话语声中，两名少女和年老的侍女走远了。

这里就是善见城吗？比想象中的还要大，富丽堂皇的胜过一切梦

幻。九曜抬起头看着在城中顺着水渠四处流动的清泉，在她们经过的那个断口泻成了晶莹的水帘。

收回目光，随即便发现身边的孪生妹妹似乎正在颤抖，"不要害怕，般罗若，"她伸过手去握住妹妹的手，"我会在你身边……无论结果是怎样的。"

虽然仅仅是先出来的那一个，但是她还是在成长的岁月里不自觉地担负了长辈的角色，尤其在她们是孤儿的情况下。

有着同样面容的少女看了她一眼，微笑了一下。

还是有些紧张的样子。

九曜露出了相似的微笑，随即停下了脚步，因为她们已经到了。

年老的侍女在一扇大门前停下，随即示意两边的侍卫推开了厚重

的大门。随着门移动的声音，一个黑暗的房间出现在她们的面前。

"两位请进吧，尊星王大人正在里面等着。"年老的侍女弯下腰行礼，这个动作对于她很粗的腰身来说想必是非常的辛苦。

行完礼之后她便自行离去了，两名少女在门前站立了一会儿，似乎在对里面仿佛无边的黑暗感到犹豫，但最后两人在交换了一下眼色之后，便毅然迈动了脚步。

沉重的大门在身后关上了，关门的声音让九曜全身震动了一下。她知道自己是恐惧的，但是她不能表现出来，因为那样会让般罗若感到不安。

没有一丝光线，一切都被阴影吞噬，他们停在了原地，不敢再向前迈动一步。

渐渐的，黑暗中出现了一些闪耀着光芒的斑点，接着斑点越来越

大，然后开始动了起来。

当她们发现那些发亮的其实是一些如同水晶一般的圆球，并且它们正按着星辰的轨道运行时，冷不防一边响起了一个低沉的声音，"就是你们吗？孩子……星见的候选人？"

刹那间似乎黑暗都被驱散，但事实上只是她们的周围稍许明亮了一些而已，仍旧看不到房间的边界，声音响起的方向传来了脚步声，伴随着金属撞击的声音，一个高挑的身影从黑暗里慢慢出现。

那是一张非常美丽的脸，同时因为有着悲悯的神情而让人觉得容易亲近。

在九曜心中，有种似乎看到了从未谋面的母亲的感觉。

尊星王，现任的星见，以她星见的血统与讲解星辰心意的能力，

守护着天帝之治世的神族女子。

虽然不曾被正式告知过应有的礼节，但两人还是在同一时刻低下了头表示尊敬，那是发自内心的行动，她们只是觉得，面对眼前的这名女子，怎样的礼节都是不为过的。

唇角扬起了优雅的弧度，双手执着锡杖，尊星王看着她们微笑，"我听说你们是双生子……不过即使那样也会有一个是姐姐吧？"

她不知不觉地向前走了一步，"我是姐姐，我叫做九曜，尊星王大人。"

尊星王微笑着，看着她站在自己和她的妹妹的中间。

那样子就好像要保护另一个孩子一样啊。

"我叫般罗若。"身后的妹妹也说道，但没有挪动脚步。

"都是很美的名字，你们是星见的候选人，也就是要成为我的弟

子的人。你们知道成为星见的话，你们要做什么吗？"

九曜感到般罗若在拉她的手，她回过头去看了看妹妹。"我们要留在善见城里……"其余的，她就不是很清楚了，那个来接她们的侍女只说了这些。

你们可以留在善见城里，可以享用和神族一样的寿命哦……所有的神族都会尊敬你们。

因为你们将是告知命运的人。

"他们还是只说了这些……"尊星王似乎在微笑，但额发造成的阴影让她们看不清楚她的神情，"不过并不完全对……只有一个，你们当中只有一个可以成为我的弟子哦，而另一个……"

"不可以把我们分开！"九曜突然惊慌起来，"我不可以和般罗若

分开！"

般罗若也走上前来紧紧抓住了她的衣服，投向尊星王的目光中有着恐惧："姐姐去哪里，我也要跟着去。"

她感到尊星王正低下头看着自己的脸，她不知道她看到了什么，只知道四周的沉默里似乎带着不安的气息。

就好像是所有的纷乱即将拉开序幕前的感觉。

许久，尊星王似乎发出了一声叹息，但轻微的似有若无，"般罗若，你可以离开了。我会安排你和你的姐姐在善见城的居所，你们是不会分开的。"

有光照射到尊星王的脸上，那上面有着亲切的笑容，"现在，你先出去，让我和你的姐姐谈话，好吗？"

般罗若的手在一瞬间抓得更紧，九曜回过头向她微笑，随即她放

开了手。

然后转过身，向大门的方向走过去了。

侍卫再度打开了门，然后又再度关上了。

第二次听到关门的声音，九曜觉得已经没有那么害怕了。

"那么，听着，九曜……`从现在开始，你就是我的弟子……"尊星王温柔低沉的声音在空气中响起，仿佛是在宣告着什么，"我将教会你解读星辰的心意，你将是在我之后的星见……"

声音是柔和的，言辞是威严的，双生子中的姐姐，在她学会如何观察别人的命运之前——

就这样被宣告了自己的命运。

二

来，九曜，闭上眼吧，我将在你身上降下符咒，从此你再也不用去看，你再也不需要视力了。

你所需要的，是打开心扉。

来，闭上眼，你将看到的更多。

猛地惊醒，身下不是枯草而是柔软的丝缎，耳边传来的是般罗若的声音，"姐姐，又做噩梦了吗？"

般罗若，她所亲爱的妹妹，如今她的脸庞已经发生了变化，变的瘦削了些，五官也更加分明，渐渐有了成人的模样。

但只有自己会这么想吧？在善见城里她们还是被称为孩子呢。

九曜微笑着伸手擦去额头上的汗水，不知不觉，她们已经到了善

见城一百多年了。

虽然渐渐长大，但是她还是和般罗若如同一个模子里刻出来的，惟一不同的是，她的额头有了星见的标志。

她们果然得到和神族同样的寿命，在这么长久的岁月里，时间在她们身上却流动的如同停止般缓慢。

"我没事，般罗若，只是有些紧张而已。"她向惟一的亲人微笑，"最近我的修行进行得不是很顺利呢。"

她在解读星辰方位的含义方面屡屡出错，尊星王大人虽然没有表示不满，但是她却无法原谅自己。

般罗若的脸上露出了苦恼的神色，"真是的，我一点都帮不上姐姐的忙啊！"她伸出手，轻轻拂过孪生姐姐的脸。

感到她柔软的指尖与自己的眼皮相接触，九曜握住她的手，"你又在说傻话了，我只是想和般罗若你在一起而已，你不是说，我到哪里，你都要跟着去吗？"

虽然因此不能再睁开双眼，虽然没有了视力，但是她一点都不后悔。

她要让般罗若永远都不用再过那样颠沛流离的生活。

握紧了她的手，般罗若的目光停留在她的脸上，看了许久，她突然带着悲伤的神情轻轻问道："姐姐，你看得见我吗？"

她微笑起来，"当然看得见你的长发、眼睛、鼻子……都和我一模一样，好像照镜子哦。"并不是真正的"看见"，只是影像直接出现在意识里，能够用思想去感知。"所以，你不用为了这个难过了。"她伸手抚摩了一下妹妹的长发，随即翻身下床，"我要走了哦。"

"姐姐又要去修行的地方吗？"般罗若看着她更衣。

"不——"迅速地换好衣服，九曜径直向外走去，"我要先去见尊星王大人。"她回过头向她微笑，随即走出了房门，关上了门。

她走起路来没有金属撞击的声音，那是因为她还没有得到使用锡杖的资格，承受了那么多的修行，不知道她哪一天才能得到那样的资格？

还是……

永远都没有这一天？

在占星室里没有看到尊星王的身影，后来被身边的侍卫告知她在城中的瞭望台上。

走过善见城洒满阳光的长廊，不断有天界的武将经过她的身边，九曜只是低着头，不曾想过要接受他们的目光，无论善意或恶意。

金碧辉煌的宫殿，忠心耿耿的武将，还有英明睿智，君临天下的天帝。

治世，似乎就和这善见城一样不可动摇。

瞭望台在善见城的最西端，就好像是为了观赏落日的余辉才建造的。

她在长廊上远远地看到尊星王的身影，这是她出现在阳光下难得时刻，九曜第一次吃惊地发现，尊星王那柔软卷曲的头发，竟然是灰白的。

那是不应该发生在神族身上的情况，是只有被寿命与悲伤所苦的人类才有的一种缺陷。

但是直觉告诉她，什么都不要问。

她走到尊星王的身后，默默无言地站在那里。

许久之后尊星王发出了如同梦呓般的叹息，随后慢慢转过身来，微笑着看着她，仿佛早就知道是她的样子，"九曜，今天真早啊。"

她也微笑了起来，然后上前禀报了自己近日来的疑惑。

"我想，尊星王大人，我或许并不适合做星见。"

"为什么？"

"我……"她有些迟疑，但还是说出了自己的理由，"我的修行，最近……"

"并不顺利，是吗？"尊星王接下了她的话语。

"是的。"

没有说什么，只是淡淡地微笑，尊星王迈动脚步向长廊的方向走去，九曜跟在她的身后，"九曜……"她没有回头，但却是在对她说话，"那个时候，你们刚来到善见城的那一天……你知道为什么，我选择的是你，而不是你的妹妹吗？"

她不解地抬起头，说实话，她并不知道。

"你和般罗若是双生子，你们两个同样有成为星见的潜质，但是……"尊星王停下了脚步，回过头来看着身后的少女，"般罗若她，缺少成为星见最重要的一件东西……"

九曜看着她脸上的神情，仍旧是疑惑的表情。

"你很想保护般罗若吧，九曜？你想让她得到安定的生活和幸福，对不对？"尊星王向她走来。

虽然九曜已经长高了不少，但她仍旧要仰视尊星王的脸庞。

"是的，她是我的妹妹，惟一的亲人。"

"这就是你胜过般罗若的地方——'想要守护某人的命运的心'，虽然般罗若也想守护你，但是远不及你来得强烈。"尊星王再度转过身向占星室的方向走去，"如果没有这样的心情，如果不是执著地想要守护某个人的命运，星见就很难发挥自身的力量，无论是有星见的血统或者有潜质都一样。"

她似乎在微笑，"这可是上一任星见告诉我的秘诀哦，现在我告诉你，算是我们星见的职业秘密吧。"

职业秘密？

九曜看着尊星王远去的身影，却没有跟着挪动脚步，只是怔怔地站在原地。

她是适合成为星见的那个人？她有了解别人命运的力量？

　　带着这样的疑惑的九曜，完全没有理会善见城中那些人们投来的目光，也完全没有意识到自己正向城中最偏僻的地方走去。

　　这里是哪里？突然回过神来的九曜有些慌张地四处张望。

　　这里似乎是从来都没有到过的大厅，四周有着高大的廊柱，但是和城里的其他地方不同，这里除了她看不到一个人影。

　　地上有着三面人的封印像，她突然想起了那些人们津津乐道的事情。

　　阿修罗城，仿如善见城在水中的倒影一般的秀丽城池，远在无人所知的幻界。

　　而这里，就是阿修罗城的惟一入口。

　　她似乎走到了不应该来的地方呢。

　　突然间有些惊慌起来，虽然明明知道不会有什么人来责怪自己，但九曜就是莫名其妙地惊慌，就好像——

　　已经预感到了什么一样。

　　刚想转身跑开，却非常不巧地撞上了一堵墙——呃，一个人。

　　有着黑色的长发的青年，才第一眼九曜就发现了象征血统和身份的标志——尖耳，金眼。

　　天界的斗神一族，阿修罗族。

　　"你怎么了，迷路了吗？你的眼睛……看不见吗？"青年俊美的脸上有着温柔的神情，他伸手扶住她，免得她因为重心不稳而跌倒，抓住她手的一瞬间，他露出了有些惊奇的表情，"你是九曜，那个星见的继承人？"

　　而在这一刻，她也知道了他的身份。

　　能够藉由幻力知晓一切的，阿修罗族的王。

她赶紧欠身行礼，"阿修罗王，我失礼了。"虽然听说这一任的阿修罗王非常的年轻，但没有想到是这样温和的青年。

　　完全没有斗神的气焰啊。

　　"你好像正在为什么事困扰着，是修行的事吗？"他仍旧抓着她的手，神情也变得若有所思。

　　九曜用力抽回了手，再这样下去所有的事都会被他知道的！

　　包括她的心跳得异常快这件事。

　　"您……您是来参加庆典的吧……我……我要走了。"一边说，她一边不安地绞着手。

　　为了庆祝天帝登位的庆典，所有的王都要出席。

　　"你不说我差点都要忘了，"他伸手抓了一下黑发，"十二神将一定已经急得发疯了……抱歉，我走了。"他突然露出了微笑，然后转

身向大厅的方向跑去。

　　真是……好奇怪的斗神。

　　那么温柔的笑容……

　　"别担心啊。你一定能够成为了不起的星见的。"远远的，又传来那位年轻斗神的声音。

　　她竟然被人预告了命运呢。

　　站在原地，九曜的脸上不自觉地露出了笑容。

三

　　她可以成为了不起的星见吗？

应该可以吧？

因为已经有人这么说了。

想起白天时那场意外的邂逅，九曜的嘴角不知不觉地向上扬。

"姐姐……"般罗若突然从外面跑了进来，"你在做什么啊，姐姐？"她有些怔愣地看着正在收拾东西的九曜。

"我要到修行的地方去一阵子，会有一段时间不在吧，我想认真地修行一下。"她微笑着将衣物包起来，"你要自己照顾自己了，般罗若。"

"又是去修行啊……"般罗若在一边坐了下来，"姐姐可真是用功。"

她抿了抿唇，没有说什么。

沉默了一会儿，般罗若突然凑到她的面前，"姐姐，如果我去修

行的话，我也可以成为了不起的星见吧？"

"啊？"九曜有些吃惊，"什么？"

"我也有星见的资质。对吧，姐姐？"她的眼睛看着别处，"我听见你和尊星王大人的谈话了，如果我想守护某人的心情也和姐姐一样强烈的话，我也可以成为星见的，尊星王大人不就是这个意思吗？"她转过脸，一脸认真的神情。

"般罗若……"九曜一时不知该回答什么才好。

"哈……开玩笑的，姐姐，"般罗若突然笑了起来，一下子换上了无所谓的表情，"连姐姐都不能让我这么认真，我又怎么可能觉得别人比姐姐更重要呢？所以我是不会有那种心情的啦。"她伸手拍了拍九曜的肩，"所以姐姐就加油吧，成为最了不起的星见。"

九曜也不禁被她的笑容感染，"你真是的，般罗若……"

"姐姐马上就要走吗？"

"我想向尊星王大人告别一下，然后就离开善见城。"

"那么就再陪你亲爱的妹妹一会儿吧。"

"般罗若……"

"尊星王大人。"

占星室没有同往常一样一片黑暗，而是被淡淡的光线映亮了，这是她第一次看清占星室的全貌，甚至在一边的窗户也被打开了。

今天，有什么特别吗？

尊星王靠在窗边的榻上，目光落在窗外的某个点上。

就好像是没有听到九曜的声音，她连动也不动一下，仔细观察之下，可以看到那美丽的脸上有着隐忍的表情。

她是受人尊敬的星见，有什么是她需要无言忍受的？

九曜轻轻地走过去，尽量不让自己弄出一点声音，她走到尊星王的榻边，向她目光所及的方向看去。

她看到了善见城灯火通明的大厅，那里正在举行着天帝登位的庆典，从远处传来的悦耳音乐出自天界第一的乐师——干达婆王涂着番红花汁的十指间。

在这一刻九曜恍然想起，除了星见的身份，尊星王还有另一个让万人尊崇的头衔——她是天帝的亲姐姐。

就好像是月亮和太阳一般的姐弟，用他们的英明和智慧同时守护着天界。

但是在这样的日子里，她为什么没有在天帝的身边，给她惟一的亲人最诚挚的祝福?

　　九曜看着面前尊星王的身影,曾经出现的疑问又再度浮上心头。

　　灰白的头发……尊星王大人究竟隐藏了什么样的秘密,才将自己弄的如此心力交瘁?

　　她说身为星见,只有当想要守护某人的命运时,才能发挥潜质。

　　那么尊星王大人想要为之守护命运的人,是谁?

　　仿佛从梦中醒来的声音打断了九曜的思路,尊星王向她转过脸来,"九曜,你来了。"

　　"是的,我来向大人辞行的。"

　　"要去进行新的修行,是吗?"

　　"是的,我马上就要离开善见城了,要过一段日子才会回来,我想去北方进行我的修行。"

　　"那样很好,我有一件东西要给你,算是临别的礼物。"尊星王抬起手,指着房间的一个角落。

　　星见的锡杖。

　　"这……"九曜有些吃惊,"我还不能……"

　　"拿着它吧,我想这次修行结束,你就能够使用它了。"尊星王微笑着,淡淡地说道。

　　九曜又看了看一边的锡杖,随即回过头来向尊星王欠了欠身。

　　"如此。就多谢您了。"

　　夜晚,所有的星辰已经全部升上了天空,星空在水中的倒影连同阿修罗城一起,构成了另一个梦幻中的世界。

　　带着锡杖,九曜踏着轻快的步子走在通向城外的道路上。

庆祝天帝登位的庆典，仍然在继续着。

四

天界的北方，同样有着风和雪。

狂风从四面墙壁的缝隙中吹进来，通过缝隙的时候发出了低沉的哀鸣。

寒冷，寂寞，还有艰苦的修行。

她都忍受了。

而且，她想这一切都是值得的。

水晶质的球体在她的身边规律地运行着，如同天上的星辰一般准确，仿佛永远都不会走错轨道。

她想，她已经获得成为星见的力量了。

轻轻挥动锡杖，上面的锡环互相撞击着发出了清脆的声音。

她的第一个预言，要给谁呢？

为般罗若占卜吧，为了她的平安和幸福。

虽然下了这样的决心，但是当她挥动起锡杖，导引着星辰的轨道时，想起的……

是那个有着金色眼睛和温和笑容的黑发身影。

阿修罗王……

六星陨落，其为背天之暗星……

红莲火焰，将烧尽一切邪恶。

六星终将压倒众生，无人能阻……

　　众星再归轨道，而她也因为力量的消耗而虚脱地坐倒在地。

　　怔怔地思考着刚才自己所说出的预言，虽然是自己的声音，但她却完全不明白其中的意思。那是和阿修罗王有关的命运吗？还是……

　　就在她还在思索着自己的第一个预言时，远处突然传来了急驰的马蹄声，马上的人显然有着非常急迫的事。

　　片刻之后一个全副武装的少女出现在大门外，她认得她，那是新一任的龙王，一位非常勇敢及有活力的女孩儿。

　　在善见城里，她是她的朋友。

　　"九曜，快！"龙王跳下了战马，跑到她身边，"天帝急命，你必须火速回到善见城。"

　　"怎么了？"不祥的预感浮上心头，"发生了什么事？"

　　"尊星王大人死了，"龙王拉着她向外跑去，"你必须马上回去继

承星见的职位。"

　　尊星王大人——

　　死了？

　　简短的两个字就好像晴空里响起的霹雳，跑出了修行的废墟，九曜抬起头，远远地眺望善见城的方向。

　　仿佛和悲伤的消息有了预谋，阴云笼罩在天界的上空，遮蔽了所有的阳光，也将在夜晚遮蔽漫天的星辰。

　　而死亡，就好像是一个讯号。

　　不论人们是否愿意。

　　乱世的种子——

　　已经开始了萌芽。

镜花水月

■ 出处:《圣传》
■ 原著: CLAMP

■ 文: 阿修罗

　　镜海,切如其名,就算是起风,也无法在海面上吹起一丝丝的皱褶。偶然伸手入其中,便会惊奇地发现,波动于手的肌肤上的,竟没有任何水的感觉。所谓的海,只不过是一道结界,分割着两座相似的城——抑或是两个次元世界的结界。

　　强大幻力形成的结界。

　　镜海的中央,耸入云天的城——善见城,是被众人仰视仆拜的天帝之城。人们总是赞美着,在那耀眼阳光下,琉璃城壁折射流动出的熔岩般的辉煌华美。

　　城的倒影——至少天界的人民这样认为——事实上,却是另一座城。尽管已变成禁忌,被废弃在异元的世界,却在结界的保护中,依旧宁静地存在着,依旧那样美丽而虚幻,似乎蕴含着无尽等待的阿修罗城。

善见城与阿修罗城，如双生子般相似的城，却有着被崇拜与被禁忌的两种截然不同的命运，如同这世界上大部分双生子的命运一样。

悲剧的命运。

缓缓飘动的洁白云彩，伸手可及，半封闭的栏壁，流入清晨舒爽的风，但房间中凝固般的寂静，让初升的晨光也无法照入。冰冷的阴影仍然主宰着这偌大的房间。

银发的帝王——帝释天，斜坐在紫红绣金的华贵坐毡上，闭着双眼，长长的发丝掩住半边脸颊，苍白修长的手指支撑着下颌，十分惬意的神态，但薄薄的唇散发出的却是冰冷与杀意。

帝释天的对面，随意铺卷于光洁地面的柔软布褥上，静静端坐着一名女子。雪白的头巾遮住了她的容颜，却掩不了她那与生俱来的

美。纤柔的身子包裹在素色的丝缎中，在光与影的勾勒下，流散出宛如水中月影的娴雅宁静。这名女子无疑是拥有占卜命运的能力的，因为她的身前，放置着用于窥视命运的水镜。

她的手在水镜上缓缓移动着，水镜中发出的微光让那形状极美的手指变成半透明的白玉。她那美艳的唇轻轻抿起，因为水镜忽然起了些许变化。

水，泛起了漪涟，然后水波跃起，在半空中形成一个美丽女子的身像，带着幸福温柔的微笑。很快的，幻象消失了，水又化为滴滴无生命的水珠儿，纷纷回落于水镜的平静。水镜中，暗红的光涌现，将澄清的水镜染成一片血色的殷红。

遮住了面容的女子似乎受到了某种程度的震动，她纤纤的玉指碰

到了水镜的边缘，青铜的细环相互撞击，发出清悦的金属音调。

银发的帝王睁开了眼睛，细长的眼眶里，是锐利的银色眸子。

厚重的门被打开了，一名身着银色铠甲的儒雅武将走了进来。他向帝释天行了跪礼后，带着平和沉静的神情站起身来。

"辛苦你了，毗沙门天，叛贼九曜找到了吗？"淡淡的语调透出冰冷的无情，苍银色的发丝被轻轻撩开，露出瘦削的面颊。

"果然不出您的所料，跟着夜叉王，很轻易就在那废弃的破旧庙宇中找到了叛贼的踪迹。"毗沙门天微微笑着，答道。

"你是从来不会令我失望的，似乎叛贼的问题你已经解决了。"阴影中，帝释天的笑容像把银色的利剑。

"身为四天王之首，维护天界的安宁和平，是我的职责。"毗沙门天英俊的脸上，依然带着温和微笑。

"安宁……还有……和平么吗？"饶有兴趣地玩味着这两个词，帝释天轻轻笑出声来。

"有件事或许应该请您注意一下，天帝陛下，"毗沙门天收起了微笑，眼中闪出思虑的光泽，"九曜在死前好像对夜叉王说了很多的话，然后夜叉王就离开破庙，向南面去了。如果我没估计错，他要去的地方，是……幻力森林。"

"幻力森林三百年前突然出现，没有人能活着从里面出来的那座森林吗？"帝释天漫不经心地问道。

"据说，那里面隐藏着阿修罗族的血脉……"毕竟是禁忌，说到"阿修罗族"这个三百年前就被遗忘的名字，连毗沙门天也不免迟疑了一下。

"哦……"帝释天的神态却并没有改变，只是将眉角轻微一扬，"那么说夜叉王是想谋反吗？呵呵……毗沙门天，这件事也交给你去处理吧。"

"是。"毗沙门天躬身接下了天帝的旨意。

"如果夜叉族要谋反，你就让你的大军将北方的冰原染成红色吧，用夜叉一族的血。"

"是。"

毗沙门天走了出去，宽大的房间中再次变成两人的独处。

帝释天的目光投向了那看不到面容的女子。

在帝释天与毗沙门天的交谈中，她始终静静地坐于一旁，几乎与空气融为一体似的让人感觉不到她的存在。

"你姐姐已经死了。"帝释天平静地说道。

"是的，我知道。"雪白轻柔的头巾遮掩下的脸转向帝释天，那女子的声音如深夜旷野中回响的风铃一般缥缈清灵，但语调中竟也不带任何的情感波动。

"难过吗？或是，怨恨呢？般罗若，我就是杀死你双生姐姐的仇人哦。"帝释天的唇际又露出了那种危险的笑意。

"我是您的星见，帝释。"般罗若平缓地道出自己的坚决。

帝释天不再说话。尽管掩着头巾，看不到面容，帝释天仍感觉到了般罗若那平静如水的心境。

"夜叉族是北方军的一大主力，如果毁灭夜叉族的话，北方的边界防卫就会被削弱，这样也没有问题吗？帝释。"般罗若将手从水镜上移开，带着少许担忧的语气对帝释天道。

"不必担心，北方军不足的话，可以从其他天王的军队中抽出军力。我所在意的，是你预言中的六星而已。我的治世，决不能遵从那无谓的命运而被六星所灭。"帝释天伸开苍白有力的手指，仿若握着整个天界一般，"如果说此世是用各神族的血建立和维系的，那么再加入一滴夜叉族的血，也无所谓吧。"

"您说的是。"般罗若不再表示异议，她的目光又移向了明澈的水镜。

帝释天站起身来，顾自走了出去。偌大的房间，只留下无法被阳光照耀的阴冷和孤寂。

柔若无骨的手指划过水面，撩起一串涟漪，待水镜恢复平静后，那个曾经出现过的美丽女子，又在浅浅摇动的水波中温柔地微笑着。

"姐姐……"

灵魂的裂响化作一声轻语，消融于冷寂的暗影中。

风，吹了进来，轻轻掀起那雪白的头巾，在般罗若的耳边，响起无人能够察觉的乐音。

心的扁舟在记忆之海上漂泊，穿过三百年的时空，回到那也许能够不再想起，却永远无法忘记的过去。

阳光，温煦着世界，公平地洒落在每一寸土地上。

长长的石阶，盘蜒在葱绿巍峨的山体上。高高在上的彼端，是一座宏伟庙宇的入口。

"姐姐，就在这庙宇中吗？"望着在前边带路，面上毫无表情的少女，般罗若轻声问道。

"是。"简单得近于干涩的回答。

般罗若心中流过一丝不快的暗流，但很快，明媚的阳光又再次充满她的心房。般罗若的双手中，极轻柔地握着一束淡紫色的小花，好像生怕会弄痛它似的。

她小心地将手中的花束凑到鼻尖下，爱怜地深吸一口气，一股清纯而独特的芳香流入她的身体，在眼眸中化为最幸福温柔的目光。

"姐姐，一定会喜欢的。"般罗若愉快地微笑着，想起母亲曾经说过的话：

淡紫色的夜香草，只能开放在明净的月华下、澄碧的祈愿湖边，如果有人能看到在阳光下开放的夜香草，祈愿湖就会许给那人一生的幸福。

"我们一定能看到在阳光下盛开的夜香草的，对吗？般罗若。"小心地折下散出淡淡清香的夜香草，将它插在妹妹的发鬓间，小小的九

曙那双美丽的月色眸子中，闪烁着无瑕的欢笑。

"嗯！"笑应着姐姐的话，般罗若的小手牵起了九曙的手，那与自己相同容貌的双生姐姐——最爱的姐姐。

"这就是我为你而采的夜香草哦，在阳光下看起来，原来它的颜色真的比我们的发色还要深呢。姐姐，你还记得我们曾经争论过这个问题吗？你一定记得的吧，就算我们分开了这么多年。因为每一天，我都能在镜子中看到你，对你说早安哦。"般罗若沉入翩翩遐思中，美丽的脸上充满自豪的神色，因为她已完成了与姐姐间的约定。

为了让夜香草在阳光下绽放，般罗若在傍晚时就从祈愿湖边采下仍是花蕾的夜香草，然后用自己的双手燃起没有热度的幻火。明亮的幻火如白昼的阳光，照耀在夜香草的花蕾上，迷惑了的花，便一直没

有开放。于是，被推迟的盛开，终于如般罗若所愿，在曙光降临的那一瞬，第一片花瓣开始静静舒展。

尽管幻火消耗的力量和整夜不眠的疲惫让般罗若有些憔悴，但即将见到姐姐的幸福掩去了这一切。

"到了，般罗若小姐。"带路的少女退到一旁，向般罗若躬身道，"星见大人就在里面等您。"

"啊，谢谢你！"笑着道谢后，般罗若按捺不住心中的喜悦，向庙宇深处跑去。

沉寂清律的庙宇，青石地板上，留下一串欢快轻盈的脚步声。

"姐姐——"推开沉重的铁门，般罗若一眼就看到了立于五星阵中央的姐姐——星见九曜。

九曜的身后，五星阵外，两个轻纱少女手拿剔透的水晶球与明镜，远远地侍立着。

幸福地奔向分别多年的姐姐，般罗若感到自己就像在梦幻中飞翔。但，梦很快就醒了，在般罗若看到九曜的脸庞的那一刻。

快乐的笑容凝固在般罗若的脸上，欢悦的脚步不听使唤地停滞了。

这就是姐姐吗？这就是那个美丽温柔的姐姐吗？

不对！不是这样的！

般罗若盯着眼前这与自己有着相同的容颜，被别人告知是自己姐姐的女子，只觉得自己是在看一尊没有生命的大理石雕像。

白得有些透明的脸，绝美无瑕，却冷漠得如一张精工雕刻的面具。俏立的身子，月白的轻衣微微飘动，但那缺少了情感与生命充盈的单薄，不过是个可悲的人偶。

姐姐的容貌没有变，看着姐姐就如看着一面镜子，可是，般罗若无论如何也无法承认，至少，她不知该如何面对。

宁寂的大殿中，拥有相同容颜与血脉的两人间，竟是心灵无法相通的缄默。

"般罗若，你来了，过来吧。"九曜的声音宛如静夜中滴落的水滴，清冷虚无，她将脸转向了自己的妹妹。

紧闭着的眼帘，让般罗若再也看不到那双明亮的月色眸子，是的，姐姐已经是星见了。星见是不需要看的，星见只需要"知道"。

般罗若慢慢走近九曜的身边，她在努力让自己的笑容变得自然和灿烂。

"约定！对啊，姐姐一定还记得我们的约定的！"般罗若的心再次泛起快乐的波澜，她将手中那束萦绕着清香的淡紫色小花递到九曜的面前。

"姐姐，你看，我找到在阳光下盛开的夜香草了哦，你喜欢吗？它好漂亮呢！对不对？姐姐。"般罗若期待地看着九曜，她在期待着姐姐的一个微笑。

"约定，姐姐是记得的……"

"把它放下吧，般罗若。"九曜淡淡说道。

般罗若忽然僵住了。

平淡的话语就如电光撕裂黑夜，击碎了般罗若的心，阵阵无可抑制的刺痛让般罗若的全身在渐渐发抖。

为什么？这是我为你找寻和收集的幸福啊！！姐姐！为什么你连用手将它接住都不能够？

朵朵淡紫色的花儿纷然飘落，从般罗若颤抖的手中，落在阴冷的地面，美丽的颜色渐渐黯淡。

花，开始谢了……

满地的花，满地心的碎片。

"般罗若。"九曜手中的锡杖发出极微的声响。

"姐姐。"般罗若从不知自己的声音竟会变得如此酸涩。

"你已看到我了。"九曜将脸转向另一侧。

"是的。"般罗若轻轻答道。

"那么你现在可以走了。"九曜甚至连身子也背向自己的妹妹，冷漠地说道，"以后，不要再来找我。"

"是的，姐姐……"般罗若应着，默默转身离开了，两滴晶莹的泪摔落在淡紫色的小花上，滋润着这散落的哀伤。

铁门重重地关上了，隔断了那远去地孤独背影。在门关上的那一瞬间，又有两滴冰冷的泪水，摔碎在那淡紫色的哀伤里。

"这就是你为我采集的幸福么？般罗若，可是，我……已经…不能再用手将它接住了，已经……不行了，对不起……"

身体僵硬地站立着，门在身后沉重地关起，绝断了那渐渐消失的脚步声。九曜也不知自己这样木然地站立了多久，她甚至不能确定自己是否还存在着。

侍立的少女皆已离去，只有时间在静默的黑暗中流逝无痕……

终于，九曜用那没有握着锡杖的手，轻轻拭干自己脸上的淡淡泪痕。

她俯下身去，纤长的手指温柔地拨弄着凋谢在冰冷地板上的淡紫色小花。然后，温热的泪滴再次浸润那渐已干萎的花瓣。

从那一天，被迫离开村庄，离开妹妹——母亲死后我惟一最爱的亲人，我就不可能再有幸福了。你知道吗？般罗若，星见是不需要爱任何东西，也不需要恨任何东西的，星见，更不需要幸福，星见只要看见……未来就好。可是，不愿知晓的悲剧在未来无情地上演着，我知道得那样清楚，却无能为力，无能为力……这样的我的手，怎能接过你手中的幸福，般罗若……

夜香草的清香染上九曜的手指，也许就快枯萎，但还是拼命想要为遇见的人留下些微可能的幸福。

"般罗若啊……"

不知从何处吹入的风，拂过九曜的耳畔，蓝玉的耳坠敲起细微的乐音。

绝不可能听到，却又那样熟悉的乐音从风中传来，撞进九曜的心中。

猛地抬起头，只在右耳上悬饰着的蓝玉坠儿剧烈地晃动起来。

不必睁开的双眼，已清楚看到了那如镜子般相似的身影，左耳上，乐音轻响的耳坠闪动着蓝玉的光泽。

"姐姐……"

母亲身前最钟爱的饰物，在生命濒临逝尽的一刻，带着深深的歉疚和祝福，分饰在双生的女儿耳畔。

作为血缘的羁绊。

"为什么……要回来呢？"

看着去而复返的妹妹慢慢走近自己的身旁，无法回避她的月色眸子中流露出的哀伤，九曜那张绝美的脸早已不再是石雕的面具，因为，那上边刻满了痛苦的泪痕。

"我是多么的努力要装出冷漠的样子，真得很努力了，为什么……还是不行……"九曜转过脸去，柔弱的身躯如易折的花枝般颤抖着。

"不可能的，姐姐的心，只有我能够听到，因为我是姐姐的半身，"般罗若温柔地拥着九曜的身体，垂下眼帘，感受到血脉中独有的共鸣。"姐姐，也是我的半身……"

相拥着，沉醉于这好久没有感受过的温暖、熟悉的气息。月凉风轻的许愿湖畔，夜香草的淡紫色小花又在悄悄绽放。

忘却了一切，只有彼此的心跳声证明着彼此的存在。

泪，忽然从般罗若的眼中流下。

"姐姐，一点也不幸福，"梦呓的喃语划破灵魂的娴静，"心的每一次搏动都伴随着痛苦，流淌的血液中总是融润了悲伤。姐姐，并不幸福啊！"

九曜触电般的推开般罗若的身子，而自己的身子却摇晃得仿佛随时都会倒下。

"星见，是不需要幸福的，星见不需要一切，也不能拥有一切，因为那些都只是阻碍星见窥视未来的屏障。所以啊，般罗若，我是要把你忘记的，从我成为了星见的那一刻，我就注定不能再拥有什么了，包括你，我的妹妹……"九曜的声音嘶哑，好像饱含着腥热的血。

"那么……放下星见的锡杖吧，姐姐，"般罗若托起九曜的脸，看着那沐浴在泪雨中的美丽面容，她的眸子却闪出坚决灿烂的光芒，"我们可以回去呀！明媚的许愿湖和飘在风中的夜香草才是适合姐姐的地方，我，一定会让姐姐得到幸福的！一定……"

九曜满脸的惊愕，从不曾想过的未来在般罗若的明亮眼眸中闪现，但很快九曜避开了般罗若的注视，神色黯淡地摇了摇头。

"不行的，般罗若……不行……"

"为什么？姐姐！我会让姐姐得到幸福的啊！"用力握住九曜那细弱的臂膀，般罗若急切地询问着，月色眸子中注满了困惑。

"我……"九曜正待回答，却听到厚重的铁门外，传来极低的门环敲动声。

"我可以进来吗？九曜。"沉缓有礼地询问着，是男子的声音。

九曜的脸色变得苍白，因为星见修炼的庙宇是天界的禁地，除了地位最高的几位神族之王，是不允许任何人私自入内的。而般罗若，无疑是触犯了天界的刑条。

极快地将般罗若藏匿在巨大的石柱后面，然后轻轻整理好身上的雪白衣衫，九曜的脸上又恢复了星见的平和与无欲。

门开了，一名极英俊的男子站在日影中。

漆黑柔亮的长发，尖尖的双耳，金色眸子中闪着比太阳更璀璨的光芒。高大挺拔的身躯上，清素的长衣也掩不住他那华贵卓越的风姿。

"是阿修罗王吧，请进来啊。"认出来者的容颜，九曜的脸上现出一丝心安的微笑。

"不会打扰到你吗？九曜。"阿修罗王走到九曜的面前，忽然注意到满地洒落的夜香草。

金黄色的眸子中，立刻映出九曜脸上一闪而过的慌乱。

"今天，天帝允许我妹妹来看望我，但她已经很快就离开了。"九曜强笑道。

"是吗，听说是你双生的妹妹吧，这些花是她带给你的吗？"阿修罗王的脸上依旧温柔地笑着，他从地上拾起一朵夜香草，递到九曜的面前，"很美的花，和你真的很称哪，你有一个好妹妹哦，九曜。"

"阿修罗王……"九曜带着一丝讶异，接过阿修罗王递过来的夜香草，继而，她嫣然一笑，笑容宛如和暖晨光般透明。

"今天我本想再看你占星的，但……还是算了，美丽的花是为你

一个人开的，我也没有欣赏的权利吧。"阿修罗王的金色眸子看似无意地向石柱后瞥了一眼，微笑着转身离去了。

"阿修罗王！"在大门将要关上的一瞬，九曜忽然叫道。

阿修罗王停下了脚步。

"请您下次再来吧，我，会为您占星的，为您……一个人……"九曜直面着阿修罗王的目光，轻柔却坚定地说道。

"谢谢你，九曜。"阿修罗王的眼中尽管仍是温和的笑意，却藏不住某种无名的思虑与负疚。门关上了。

"不，要感谢的是我，谢谢您，阿修罗王……我的王……"九曜的低语，并没能传入已离去的阿修罗王耳中，但这都无所谓，只因九曜知道，阿修罗王一定会懂的。

"这就是，姐姐不能离去的理由吗？"不知何时，般罗若已离开石柱的阴影，站在了九曜的身后。背着光的月色双眸竟格外的明丽。

"般罗若，并不是这样的……"九曜握住了般罗若的双肩，用力摇着头道。

不理会姐姐的辩解，般罗若继续说着："姐姐的笑容，很幸福哦，在阿修罗王的面前，非常非常的幸福……我一直都想看到，姐姐这样的笑容。我真的很傻呢，原来姐姐的幸福已经不需要我来收集了啊。"

"般罗若……"九曜用颤抖的双臂紧紧地拥住自己的妹妹，低声叫着妹妹的名字，仿佛在哀求她不要再说下去。

姐姐冰凉的发丝拂在脸颊上，般罗若眼中的光彩终于化为晶莹的泪水，从眶中滑落，在白皙的脸上留下淡痕。

"注定要抛弃一切的星见，更不允许拥有感情的羁绊。可是，姐

姐，爱着阿修罗王吧？"拭去泪水，般罗若用双手捧起姐姐的脸，深深凝视的目光穿透了九曜的灵魂。

九曜没有回答，也无法回答，但沉默，无疑就是最好的答案。

"爱的，对吗？姐姐之所以成为星见，之所以忍受着失去一切的痛苦，都只是为了那个人吧，那个深爱着的人——阿修罗王。一直孤独地在这寂寞清冷的庙宇中窥视着星子的轨迹，为深爱的人做自己惟一能做的事，只求默默在他的身边，帮助他，守护着他，就算明知不会有结果，就算明知等来的只有悲伤，却依然在痛苦中找到了幸福的方式。姐姐，原来，是我错了，我是姐姐的半身，却已经听不到姐姐心中幸福的声音了。"般罗若缓缓推开伏在自己身上的姐姐的身躯，清丽的面容上浮现出凄切的浅笑。她挣开了九曜的手，向紧紧关闭着

的铁门走去。

　　"我要走了，姐姐，请你用自己的方式，幸福地活下去吧……"

　　"般罗若——"九曜再一次从身后将般罗若拥住，双手揽得那样的紧，连呼吸也几乎要遏滞了，也许只有如此，才能感到血脉完整的存在。"我希望你过的幸福啊！不要像我，而是，真正的幸福……"

　　"真正的幸福。"般罗若仰起头，诧异着为什么耀眼的阳光也会这样的冰冷。

　　"是的，真正的幸福。"将般罗若的身子转向自己，九曜扯下了右耳上那带有母亲祝福的蓝玉耳坠，然后，将它轻柔地插在般若罗的右耳上，"与深爱你的男子一起，无拘无束地为湖中的月影微笑，在清冽芬芳的夜风中吟唱，让他把夜香草的小花插在你的发鬓上，让他称赞你的美丽。般罗若啊，答应我，就这样平平静静地生活下去吧，恬

淡生活中的幸福，才是母亲对我们的祈愿，是真正的幸福啊！"

　　幽蓝温润的微光在般罗若的双耳畔摇曳，是母亲与姐姐最深邃的心愿。

　　"姐姐……"尽管看不到姐姐的眸子，但那低垂的眼帘下，般罗若仍能感受到姐姐的热切目光。

　　"姐姐，曾经看过我的命运吗？曾经看到过我的星子划破夜空吗？"般罗若忽然问道。

　　九曜的身子一震，失去血色的脸如严冬的寒雪，但很快，她又笑了，作了梦一般的笑容："我不会占卜般罗若的星子的，因为，我知道，般罗若能够得到幸福的！一定一定——"

　　温婉地笑着，九曜的纤纤手指拨弄着幽光鳞动的蓝玉坠儿，和着

指尖上沾染的夜香草的清馨，轻灵的乐音在般罗若的双耳中萌动，渗入血与魂中的乐音。

"般罗若能够得到幸福的，一定……一定……"

"骗人的！姐姐，一定看到过我的命运了啊！"摩挲着右耳上，三百年前姐姐亲手为自己带上的耳坠，感触到那份蓝玉的冰凉，般罗若美艳的唇上现出似有似无的淡笑。

从水镜旁站起身来，走到房间的围栏边。时间已在回忆中由白昼流向暗黑的深夜。

不知从何时起，相较于明媚的阳光，般罗若变得更喜欢子夜的风。或许，在其中，会闻到已湮没在记忆长河中的熟悉的气息。

轻衣单薄，夜沉风寒，但般罗若却浑然不觉似的，任夜风随意梳理着那洁白头巾下，飞扬起的淡紫色发丝。

"为了所爱的人而死，幸福么？姐姐？"向已羽化逝去的人发出的问询，被吸入了没有星光的夜空，不需要答案，因为，心早已决定了。

"不可能再有了，姐姐所祈愿的'真正的幸福'，因为，我也找到了属于自己的幸福的方式。"

"咚——"轻轻的水声，三圈细幼的水痕荡起。

般罗若摘下双耳畔陪伴了自己数百年的蓝玉耳坠，将它们抛入身后的水镜中。划出优美的弧线，这对承载了至爱血亲的祝福的饰物，砸碎了水镜的凝静，也砸碎了水镜中那温婉微笑着的美丽身影。

"九曜姐姐……"

夜风，或许能吹散滑落的泪珠，却怎么也吹不干脸颊上不经意留下的哀伤泪痕。

爱上一种认真的消遣

- 出处:《圣传》
- 原著：CLAMP

- 文：穆迦

我父母所犯下的罪，多年以后我才知道那里面的含义。

不仅是紫色双瞳，紫色头发，背上的黑色羽翼，甚至额头的堕天之眼。

我叫孔雀，你可以叫我Ａ或者Ｂ。

一、前　　生

母亲死在父亲的牢狱中。她死之前一直在哭泣，泪水浸泡的眼睛中只有怨怼而已。

母亲是父亲的姐姐。

他们的欲望关系——抱歉，我不太认为那是爱情——使得尊崇无比的天帝与同样尊崇无比的尊星王变成了两个简单低俗的生物,只在基础的欲望中纠缠着。

当麻烦到来时,他们惊惶得如同受惊的兽类,本能地选择保护自己的合理方式。

父亲把母亲扔入牢笼,如同伸出手来遮住眼睛便不再看得见那哀哀号哭着的女子,当然,还有迷惑着的我。

母亲又是什么呢?

在离开牢狱之前,我一点也不清楚母亲这个词的意思。

她在哭到歇斯底里的时候,总是习惯性地伸出纤长手指掐在我的颈间,一遍遍切齿地叹息:

如果没有你就好了。

我一直听她这样说,然后就开始相信,如果没有我就好了。如果

没有我,眼前这个在方寸牢笼中相依为命的女人便不会如此哀戚。她仍然会是尊贵无比的星见,执着九环的黄金星杖指点星辰的去路。

因此,每当她的尖尖指甲抵上我的咽喉,我就放弃了抵抗的本能。

母亲,如果这是你想要的,就请拿去。

然而,她还是没有拿走她反复多次试图拿走的。

我想,那也许也同样是本能。

但我并不因此感激。比起每每在惊惶中见她无坚不摧的眼泪,我宁愿她结束我的苦难。

她的罪啊,同时竟也成为我的罪。

而她的苦难,终于也结束了。

那一天,我才发现世代星见继承的星杖原来也是可以作为自戕的武器。

她把星杖的尖刃对准心脏,随着风响刹那,穿心而过。

我呆呆地看了一会儿,然后尖叫:来人啊!请救救母亲吧!

号啕大哭。我敢保证,那是我一生中最后一次哭泣和泪水。

我不知道眼泪从何而来,和她在一起从来没有些微的幸福时光,但她离开竟使我泣不成声。

没有了她,从此以后就只有自己一人了。

母亲死了,我被带到父亲面前。

第一次清晰地看清楚这个给我错误生命的男人。

他的眉梢眼角,他的皱纹发丝,他隐藏在怜悯下面的欣喜。

他拉着我的手仔细看着我。然后叹息:堕天之眼呢,真是不幸的

孩子。

堕天。

我轻轻挣开他的手,静静地退开一步。

他吃了一惊,微笑起来:还真是个不亲近人的小孩儿。喂,你不会笑的吗?

我看着他的微笑,在心里默默地描摹这种我从未见过的奇怪表情:眼睛微微眯起,唇角向上略挑到一个恰如其分的角度,眉毛轻微舒展。

然后我就同样地笑起来。

很有意思,我的哭泣从母亲那里学来,到母亲死亡时便结束了。而笑容来自于父亲,带着这笑容到死。

好奇的是：父亲被叛乱者帝释天一刀砍掉头颅时，那表情，会否同样温柔微笑？

二、星　星

父亲的死亡从我见到他第一眼便知其下落。

后来想，虽然自己是父母讨厌的孩子，但我是如此纯正的星见血统继承者，对命运的预知是天生的能力。

父亲没有想过问我关于命运的事。他可能压根就忘了，我是星见的儿子，我才是真正的预知者。

这也好，如果他问我，我可能会拿不定主意要不要告诉他真话的。

他把我放在身边不显眼的角落，觉得已经是天大的恩赐。

我在角落里静静看着别人的生活。

吉祥天，我的异母妹妹，那个得到父母千宠百爱的女孩，她会如何看待那样无望的一生？

帝释天，他是否知道那样强悍凶恶的他不免成为别人的棋子？

阿修罗王，每次看到他那张清丽优雅的面容，平和亲切的微笑，我都忍不住打个寒战，那个怀抱着小小私念的美男子，最终会毁掉这浩渺的天空城。

母亲说过：每个人都是命运网罗上的小小一格，被织出来后就放在那里，由生至死。

星杖哗哗响动。

我亲爱的父亲大人，多少年以后的某一天迎面遇上了银发飞舞的帝释天。那个被奇怪情欲驱策着的战无不胜的男子，一刀落下，结束了父亲身为人人爱戴的天帝的一生。

三、四　季

离开仞利天。

独自在人海中漂泊。

这段岁月我无从记得时日，只知道花开花谢，鸟儿飞去归来。嫩绿的第一季，明蓝的第二季，金黄的第三季，苍白的第四季。

我依稀生存着。

直到我在某个时刻爱上某个人间的女孩，才发现自己的问题。

人间岁月流转，那个女孩的面容一丝丝被抽去生气，一寸寸变得衰弱，皱纹一片片蔓生，瞳仁一点点黯淡。

他们说，那是人世间所谓的老去。

我却依旧青春不改，依旧二十岁的少年模样。

直到她老得像皱了皮的豌豆蜷缩在我怀里，轻轻地叹息：阿孔，我要死了，你一个人也要这样生活下去，真是可怜的孩子！

她轻轻呼出最后一口气，曾经青春温暖的身体变得干瘦僵直。

短得如同一瞬。

有光雾在刹那间蒙上眼睛。

闭上眼轻轻松开手。那不是我能挽得回的生命。

却是因为青春，和自己不能预知自己命运的弱点，在百年或者更长时候仍然会不经意再爱上另一个脆弱的某人,然后总是收获同样的结果。

我无法参与到普通的轮回中去。

却没有任何自戕的理由。

随便自己就这么不生不死地活着。

永生的苦难啊!

四、游　　戏

这样不知过了多少年。

看着她们的青丝一夜变成华发,光彩刹那变得灰败,终于明白,自己不是人间的普通青年,永远也没有与时光共进退的可能。

我只想要衰老和死亡。

抱着最后的恋人残朽的身体,精神似乎也变得疲惫。和最初爱上的那个女孩多么相似的轮回,我却再也没有眼泪。

只是又习惯性地微笑着,送她离开。

自此,放弃在世间寻找一个永远的机会。

没有人能够陪伴如此困顿的自己到无休止的未来。

回到天空界,

旁观平静而死气沉沉的幸福王朝。

终归会有一场激变的。

阿修罗王空洞忧伤的寂寞眼睛里闪出渴望,那是没有恶意的脆弱理想,但也是这脆弱,使得简单愿望变得邪恶异常。

而那个铁腕的男人最终会如愿踏上巅峰，啊，是如他人的愿吧？

预言中的男孩将降生。

透过星眼看见他的未来，忽然一下子变得很兴奋。

那是一个与自己最初命运相似后来却迥异的生命。诗章说，那红莲火焰，终将燃尽一切。那么，他的降生就是天界命运的终端吗？

那个养育他并为之牺牲一切的男人，将与众生一道在他刀下成为粉尘。

只是突然很好奇，这个孩子生命与我的生命中这惟一的不同点，对他的生活会有特别的意义吗？

好奇，好奇。

想知道命运的轮盘是否完全无视于人心的羁绊。

或者，我只是无聊到了极点。

五、消　　遣

发现了这个新玩意儿之后，我开始忙碌。

你知道，即使命运不肯转向，我也不能让我的棋子在阿修罗王的棋子或孩子面前显得太弱小。

我铸造了夜摩刀。我张扬地出现在未来夜叉王要降生之地。我装神弄鬼逗弄那些人让他们把这刀给未来的王。我为夜摩刀与修罗刀之间设定某种联系。我做出漂亮的结界让小阿修罗在夜叉王出现前安睡。我让九曜对自己的预言迷惑不解。让她把那预言解得似是而非。

生活开始有些东西在里面。

在夜叉王成年之前，我其实一直很耐心而无聊地等待着。那个有漂亮黑眼睛的少年很刚强，这让我多少有些欣慰。毕竟，我漫长的生命中，还没有任何一件事让我花了这么多的心血与守望。

看见他出生，看见他成长，看见他摔倒，看见他挥剑——我那夜摩刀还真的是很合适他。

看见他被外表忧郁单纯的阿修罗王带到了命运的套索里。

看见他的小小纤细的颈项上被好朋友九曜挂上牢不可破的锁链。

那孩子，就快过来了。

我常常在夜间张开翅膀，飞回天宫去看看。

那里，是我无谓生命开始的地方。

帝释天叛乱那日，先天帝，也就是我可敬的父亲大人的头颅被一刀砍下，挂在城门。

在夜色中我静静停在半空，端详这张陌生面孔。乌鸦在四周飞舞。

血污黏在颈间，面孔却干净得惊人。眼睛闭着。唇角并没有我所见到的第一种微笑。我想，我死的时候可不能这样，我得微笑得有始有终。

我听得见有人在为他哭泣，毕竟，他是公认的贤明的王。他的优柔及温和，给了这天界生息的时空。而相比那血与火中走出来的帝释天，他是孱弱者们热爱的王。

贤明仁慈，宽厚善良的王。

只可惜，他不是我的王，只是我的父亲而已。

那样的父亲。

斜阳照在天空中，薄薄的绯红让宫墙显出凄凉意味。帝释天安静地坐着，银色长发镀了暗淡红边，表情冷漠得如同死人。

觉得还是阿修罗王厉害，简单的牺牲便做出了一个活着的死物。

帝释的心已经空了。这个心狠手辣的人，只有这么一点点弱点，只有这么一点点寂寞让他看上去比微笑的温柔的阿修罗王像一个真正的人类。

微微有些怜悯。

六、相　　逢

星盘转动。

命运的丝线终于收紧。牢牢地缠住那两个人。

我坐在高处，静静地看着夜叉王与小阿修罗命定的相遇。

有些难以解释呢。

如果只是夜叉的善良使他下意识地保护弱小的孩子，那为何明知族人们更在生死边缘时，没有见到那么慈祥的善良？如果只是阿修罗的小动物本能使他下意识地抓住第一眼看见的这个人，为何明知自己的来处后仍然一次次恢复出孩童模样，紧紧跟住夜叉王？

我解释不出来，这些是自己人生经验的空白处。

即使是别人的纷繁体验也难以诠释的宿命。

在夜叉族最后的生息地随意地与夜叉王与阿修罗碰上。

我饿晕了。我说。

夜叉王眼神冷峭地盯着我，真奇怪，这孩子小时候明明有一双那么澄澈的眼神。

更让人费解的是，现在这个对陌生人这么警惕的青年，凭什么会突然完全信赖路上捡到的危险小孩？

笑吟吟地转过头去看小阿修罗。

他正仰着头看着我。金色的眼瞳与他的父亲几乎完全一样。但里面的东西完全又不一样。

空灵的，或者说，空白的。

这是没有记忆者的幸福吧！

小阿修罗果然好客得多了。他把桌上的食物全堆在我面前。

胖胖的小脸上竟然有一点隐约的熟悉表情，没错。

那是怜悯。

刹那间明白那怜悯的意思。因为对自身的怜悯才会有对他人的怜悯。

七、离　散

六星终将压倒众生，无人能阻，然后，汝等，将成灭天之破。

冷眼看着夜叉王带着小阿修罗离开，一路上与预言中的其余六星相聚，一步步踏入命运的圈套，也一步步履入死境。

这世界，来日无多了吧？

那小小的红莲火焰，正在以恐怖的速度燃烧着。

那一日，流浪中的夜叉带着小阿修罗回归故土，满目尸骨的废城，即使是无关者也会悲痛的。而这城的少主，当然陷入不幸的忧伤中去。不巧还遇上愤怒的兄弟。二人干了干干脆脆的一架，夜叉受了点伤，加上情绪作用，便独自沉浸于不幸中。

乖巧的阿修罗退出来，一个人在门外发呆。

我跟出来，看着他瘦小身形，凄凉表情，觉得略有些不忍，即使是这命定的邪恶孩子，也只不过是个孩子，而孩子，基本上无法为无关的罪恶担起责任来的。

我逗着他，想，自己小时候，从来也没有人这么陪伴过。

他抬起头，眼泪汪汪地看着我，自怨自艾地诉说：阿修罗是妈妈不要的孩子呢。

那有什么关系呢？夜叉要你啊！我安慰他。

而且，妈妈不要的小孩，也不只是阿修罗一个啊！

他眼睛明亮起来，高高兴兴地想起原来夜叉王是他可以归去的依靠。

他开心地奔回夜叉身边。

呵呵，夜风有些凉。星辰闪烁在修罗场上，乌鸦在身侧飞舞。

妈妈不要的小孩，也不只是阿修罗一个啊！

静静想着自己的话，忽然有些微凉记忆从心深处苏醒过来。

妈妈。陌生的字眼，溶在血液里，却无论如何也提炼不出来。

我是一个人的自己。一直也是。

阿修罗所不知道的另一个相似轨道上不同的行进。

八、死 国

阿修罗苏醒。雌雄莫辨的少年以他母亲的血祭奠了复生的修罗刀。

黄金眼瞳，里面燃烧着熟悉的火焰——阿修罗王与帝释天床第缠绵后醒来时那眼神里一闪而过的冷酷光芒,现在在他期盼的孩子眼中完全燃烧起来了。

这天界, 一点点塌圮。

活泼可爱的龙王在那火焰中化为乌有。

迦楼罗王倒在干达婆王脚下。苏摩也同样被那个偏执的女子送上不归路,而那个对某些事情执着得恐怖的乐师,送了自己所爱上路之后, 也哀叹着"寂寞啊"自绝了。

那样便是寂寞吗?

嘿嘿!

六星已去其四。

夜叉兀自不知那预言的真实含义,也难怪,阿修罗王要欺骗这简单的孩子, 自然不能告之他命运的真实意图。

帝释天亲眼见证了破坏神的苏醒。也以一只手臂的代价明了了当年他的允诺所包含的恐怖。

无辜者的死难重重叠叠。

我是无能为力的,我只不过是个旁观者和多余人。

看那些平民的死难让我有一些难受。那曾经是我身处其间的记忆。

谁为这样的死难还债?

在通道打开的时分, 终于与帝释天面对面。

这个我熟悉的棋子,神情坚决却不能掩饰慌乱。

你是谁? 魔族吗? 他看见我的羽翼与眼睛,吃惊地问。

呵, 那个得到阿修罗王幻力的男子, 一直也是知道我的存在的,但遗憾的是他并不知道我是谁。

我们是一样的人，都是品行比魔族还要不如的人哪！我微笑着，张开黑色翅膀，撩起额前散发，露出第三只眼睛。

他飞舞的发丝间，有同样的第三只眼。

堕天之眼。

他的是他的，我的却不是我的。

经历了数百年岁月流转，等待这时刻，我站在他面前，静静地说出了预言的真实内容。包括帝释天并未明了的部分，也清楚作了说明。无他，只不过是没有别的任何人可以倾听到这故事并动容了。

我们既然有些相似的东西，想来也是有些相似的理解的。

转过头回望破碎如抹布一样的忉利天，堆积如山的尸骸，血色染红的河川，这天界，是到了尽头罢？

吉祥天肢体不全，长发纠缠，静静地躺在毗沙门天身边。

虽然早早就知道是这样的结尾，仍然微微怵然，尊贵的前天帝的女儿，天界最灿烂的花朵，仍然不能被命运赦免。

妹妹，你好。

你看见了吗？我站在这死国中央，面带着父亲赐予的微笑。

九、脱　　轨

夜叉王站在阿修罗面前。

我与帝释天静静看着。我猜他心里翻江倒海。

我心里却是什么感情也没有的。

就像春天撒下种子，等着秋天结出果实。这种过程是可知的，并没有任何激动。

只是，结果并不见得可知，所以，仍然有些期待。

完全复生了的阿修罗，不再是记忆中的小猪模样。无法称之为他或她的这一个影像，是当年阿修罗王的梦想。

而修罗刀上一滴滴溅落下的血珠，虽然不是阿修罗王期待的，却是他早知的。

明知故犯。无法违抗的究竟是命运的意图还是犯罪者自己的潜恶？

谁知道呢？

总之在这里，少年阿修罗要亲手履行命运的旨意了罢？

夜叉站在另一侧，想来已经心碎了。手中的夜摩刀甚至还没有提

起来，唉，浪费我花的心思。

一切都将如预言般不可逆转了吗？

修罗刀正正地向完全丧失反抗心情的夜叉刺去。

我忽然觉得很伤心，仿佛这么多年什么事情也没有发生一样。

电光石火的刹那，有血光喷薄。

不是夜叉的。

少年阿修罗把原本该进入夜叉身体的剑送回自己身上。

摔倒在夜叉怀中。

命运脱轨了。母亲。

有星星在错误的地方发出耀眼的光芒。

十、殉　祭

果然，人心的羁绊还是不能预知的。

而命运，并不是不能改变的。

求得这样的结果，不知道是悲是喜。这样的幸福，不曾也不会发生在自己身上。

但看着别人的眼泪，竟也默默动容了。

回头看一眼帝释天，冰凉的脸孔上看不出表情。那个号称要让星星改变轨道的人，并没有改变什么。

改变了什么的,只不过是一个大人和一个小孩在流浪途中结下的奇怪缘分。

即使这缘分是天注定的，这缘分里的内容却不是。

这样不就很好吗？

我离开这死城。重新回到人界。

还是带着这样的笑容，四海为家。

故事落幕了，推开窗口，想起那样的结局，被血光浸泡得发亮的最终章，但总算也是个期待的结果。

直到某一天无来由地停留。

时光荏苒，已经不记得是哪一年。岁月依旧没有在我身上留下痕迹。

生命依旧无止境地进行着。

某天早上醒来，风声响亮，冬日。竟有些寒冷。

坐在床上想一些事情。

然后决定去结束自己。

找了件新衣服换上。我是前王子，得有点王子的样子，离开也要端庄地离开，对吧？

出门转了许久，找不到合适之地。

那么，先去和故人们道别吧！

见到帝释天。让我吃惊的是他的堕天之眼好像有些闭上了。上天原谅这人了吗？

当然，也许也是应该原谅他的。那个人只是别人罪孽的傀儡罢了。但他的神情竟是满足的。

托个话给夜叉和阿修罗他们，说我很高兴没有辜负阿修罗王的约定。他微笑着对我说。

本来想说这个和你可没什么关系。但看到他苍白衰老的神态，略略有些不忍。

人要是都能自欺欺人多好。

冬日压抑的阳光里，帝释天像枯干了的树叶兀自挣扎着。

老人家的最后心愿，我会代为传达的。

在峭壁上行走了多时。

远远地看见了夜叉王。

他苍老了。

或者，是憔悴了。

像风声中隐约明灭的烛火，随时都会熄灭的。

如同岩石一样无声地坐着。执着夜摩刀，却没有任何生机。

他还活着吗？

喂，你这人，一直也在等待吗？我笑问。

抬头看见被封印了的阿修罗像雕塑一样挂在半空。

夜叉抬起眼看着我，眼神空洞无物。半晌才认出我来。

孔雀啊！

是一直都等着的。他平静地说。

永不复生的阿修罗吗？我看着他，心头涌起浅浅的悲悯。

我们有约定的。他的回答简单之至。好像是过了漫长岁月而失去语言的能力一样，一字一字说得艰难。

我静静地笑起来。

说起来，阿修罗才是我的棋子。

那么，送一份礼物作为感谢。亲爱的小猪，我只是厌倦了活着。

让我送个顺水人情吧——

这就要离开了。临走，把这生命转送给你——至少，有一个人在等待你。

天空之门，我以星见的血，请你打开——

手中星杖，饮过我母亲的血，现在，以最后的星见作为祭祀，到此为止了，一切预知未来的游戏终结。

尖端清楚地穿越心脏，我甚至明晰地辨别出了它穿过皮肤及骨骼的过程。风好像吹进灵魂底处。

父亲……

我才是那个从来都没有相信过预言的孩子。

这一刻，风很大，但你一定要看清我脸上微笑。

四章　十二国记

PART 4　SHI ER GUO JI

梦

■ 出处：《十二国记》
■ 原著：小野不由美

■ 文：凯琳

上

"华胥之梦？那只是无法触摸、遥不可及的美梦而已，梦之所以会被称为梦就是因为它无法实现。"

"我会让你看到华胥之梦！"

男子注视着我的眼睛，清澈而坚定。

那时我十六岁，刚进天官府，在一次偶然相遇中对朝士装束的青年抱怨新王对幼小台辅夸下的海口。知道那青年就是新王砥尚，我有被处罚的感觉。谕旨很快降下，出乎我的意料，新王不但没有责罚与我，还升我做典司。

再次见到砥尚陛下是在宫中走廊，我惶恐地平伏请罪，陛下哈哈大笑将我扶起，注视着我。

"你相信吗？我会让你看到华胥之梦的！"

瞳中映出的是男子端正的容颜，他的眼神纯净清澈又无比坚定。仿佛被那双眼睛催眠了一般，我喃喃说道。

"我相信……，如果是您的话，一定可以让荣梦变成现实……"

二十多年前，有一个男人，他是我服侍的第一位君王，也是少女时代的我暗暗爱慕的人，他向我许诺会让我看到华胥之梦。二十多年后，我没能看到那个梦，永远无法看到，我的君王被梦想和现实无法调和的矛盾逼疯，他选择了自尽，遗留下日益荒废的才国和怨声载道的国民……

所以，我答应好友蕴雉和她一起离开才，到别国寻求仕途。因为，我不想看到动荡荒凉的祖国，也因为……我不想再听到民众对他的怨

言和咒骂。

来到戴，留在戴国宫廷做事不是最好的选择。贫穷的戴国，严寒的极国，冬日里无数人倒毙街头的国度，其荒废程度和才国有过之而无不及。但这也是惟一的选择，抛弃荒芜的祖国，流亡各地的我们在别人眼中是毫无节操的小人，只有戴国的新王愿意接纳我们。

"泰王看重的是你们的经验。"

冢宰对我们这么说。

从冢宰面前退下，蕴雉笑了，笑容落寞悲哀。

"看重我们的经验？什么经验呢？是经过一个国家沦落一个飘风之王失道的经验吗……"

我无语地低下头。

飘风之王,麒麟从最初的升山者中选出的王,以疾风般的速度登上王位达到顶峰。当年被八岁的采麟选出的砥尚就是这样一位飘风之王。现在的泰王同样是麒麟初次升山而选的君主,之前曾是禁军的将军,听闻无论是武略还是剑技都是百年难得一见,虽然同为飘风之王,但这位新任泰王和身为太学生被选王的砥尚陛下应该是完全不同的人。

蕴雉被任命为冬官府的官吏,我则被分到天官府负责清理从前王宫的旧物。我的工作相当繁重,好像泰王有意把先王留下的所有宝物全部清点后变卖给他国,而先王——骄王留下的宝物又多得离谱。只是一个仁重殿就累得我直不起腰。

抱着大堆玉器,我一边小心翼翼的挪动脚步一边心里暗自抱怨——戴是玉的产地没错,可也没必要什么东西都拿玉石来制作吧!

韵律感极强极有力道的脚步声由远及近停在我身边。我抬头向上望去,映入眼帘的是一张陌生男人的脸,五官如雕刻般端正明晰,一头白发在阳光下闪烁点点银光,一双鲜红如血的眼眸正看着我。男人伸出双手,同时我耳边响起低沉浑厚的声音

"我来帮你。"

我后退一步,用戒备的眼光打量这名陌生男子,他身上穿的铠甲腰间悬挂的长剑都说明了他的武将身份。

"我从没见过你,你到底是什么人?"

"哎?"

男子似乎没料到我会如此对他。

"这儿是仁重殿,是禁宫!你一介武将在宫中乱闯是基于什么样

的理由呢？"

男子眯起眼睛盯着我，我不由有点恼怒，加大声音斥责他。

"我不管你是什么身份，就算你是主上的旧部也不能无视宫规礼法，还不快退下！"

男子笑了，柔和笑意浮现的同时他身上令人胆寒的霸气明显收敛了不少。

"你叫什么名字？"

男子问我，

"蒂梁。"

"蒂梁吗？好个有骨气的小女官啊！"

男子大笑着转身离开。

我扭头时发现仁重殿里两个宫女脸色发白呆如木鸡。

"你们怎么了？"

"蒂、蒂梁，刚才和你说话的是、是泰王陛下啊！"

"什么！"

脑中一片空白，等我回过神来身边多了几个彪形大汉。

"您就是蒂梁大人吧？主上命我等前来听从大人差遣。"

原来他们是泰王的侍从，泰王命他们来帮我来搬运东西。

泰王——乍骁宗，一个骁勇的武将，也是一个胸襟开阔完全不把身份放在心上的君王呢。

我负责清理的宝物被悉数卖给别国，得来的金钱全部被泰王赈济义仓。那位有着令人胆寒的霸气和让人觉得温暖的笑脸的白发君主开始了大刀阔斧的改革，在他领导下整个戴国都焕发了全新的生命力。

朝野内外随处可以听到官员百姓对新王发自内心的赞美,我也完全融入了戴国的喜悦里,只有蕴雉,她秀美的眉头从未有一天的舒展,为泰王也为戴国。

"蕴雉,你再这么担些不必要的事,心可是会变老喔。"

"你呀,你就对陛下这么有信心吗?"

"当然!蕴雉,你看什么?"

蕴雉歪头看着我,突然掩口而笑

"蒂梁,你该不会是爱上骁宗主上了吧?"

我立时红了脸,举起手中文书追打蕴雉。

爱上骁宗主上,不可能!虽然我的外表还停留在二十多年十六岁少女的模样上,但我已经不再是当年那个天真的少女了。

因为爱上骁宗主上才会这么相信他,这更不可能!我相信骁宗陛

下和我相信砥尚陛下的理由截然不同。砥尚陛下有的是纯净无垢的心地和美丽善良的梦想,骁宗陛下却老练务实,骁宗陛下不但有梦想他也很清楚该怎样把梦想过渡成现实,他也有把梦想变成现实的能力。这些是砥尚陛下万万比不上的。

我力图开解蕴雉,给她比较两位陛下的不同,拉她去街上看百姓争相献花给禁军将士,然而无论我怎么做都无法驱散蕴雉眉头笼罩的阴云。

我明白,在蕴雉眼中同样坚定、同样拥有着王者霸气、同样爱民、身边同样有一位年幼台辅的骁宗陛下和砥尚陛下牢牢重合在一起。

"不是每一个拥有高尚人品和坚定理想的人都能成为好君主。"

蕴雉以淡淡的感伤语气说出这句话时几乎让我也被她感染。

砥尚陛下……

曾经拥有高尚人品和坚定理想的砥尚陛下最终还是失道了。而和当初的砥尚陛下一样拥有高贵品格和美好愿望的骁宗陛下又会走向何方？

从蕴雉那里回来后我想了很久，最终我还是决定相信骁宗主上。蕴雉的优点是细心谨慎，缺点就是凡事都从最坏的结果开始想，那样的话无论怎样都看不到希望。

以后的日子里我继续着我的乐观，蕴雉继续着她的忧虑。

后来我结识了台辅，只因为我偶然送了一件小玩具给路过天官府的台辅，他就把我当成了知心朋友。

有着天真无邪的大眼睛，温柔可爱的台辅总会让我想起弟弟，我入仙籍后就断绝了和弟弟的联系，现在他早该成家立室……可是，当

然我离开他的时候，他正是和现在的台辅一般年纪。或许是把弟弟的身影重合到台辅身上，我对台辅的态度不是下官对待台辅的恭敬而是姐姐对待弟弟的娇宠，小台辅似乎也感觉到我对他的疼爱越发依恋我，时不时找我玩耍聊天，甚至有一天硬拉我去他的寝宫看他的宝贝。

被小小的台辅拉着走进内宫，我恍若梦中，直到眼角余光扫到一样东西，我才清醒过来停下脚步。

——里木

专供王向天帝祈祷的里木。前些日子主上向上天祈求来的荆柏就是从这株里木上结出来的。

荆柏，其花洁白如雪，其果鲜红如血，一年三季结实果实晒干后可以代替木炭，等荆柏被广为种植后，冻毙街头的人一定会大幅

度锐减。

　　怔怔望着里木，我似乎看到晨风中一个伟岸的身影站在里木前垂首合十，那头银发在晨光里闪烁点点光辉那双赤瞳……

　　"看你的服饰你应该不是宫女而是天官府的下官吧？是谁让你闯进内宫的？"

　　男子的低声呵斥打断我的思绪，我惶然抬头望着蓝发红衣的将军

　　"对不起，我……"

　　"阿选，你别怪蒂梁，是我硬拉她来的。"

　　幼小的台辅出言为我辩解。

　　"蒂梁？就是那个天官府有骨气的小女官蒂梁吗？"

　　熟悉的浑厚男声从阿选将军身后传出，银发赤眸的君王从将军身后走了过来。我连忙跪下行礼，我听到自己的心怦怦乱跳，我听到陛

下笑着命我起身，我听到小台辅嚷着要主上、将军和我一起去看他的宝贝。一切都那么不真实，如同在做梦，惟一真实的是我胸中激涌的喜悦——主上还记得，还记得我的名字还记得我……

　　那天 骁宗陛下的心情似乎很好，告别台辅后，他令我和阿选将军陪他闲聊了一会。陛下对我先前的主君采王砥尚很感兴趣着意问了他的事情，或许都是身为飘风之王的缘故吧。

　　我竭力压抑心中感伤，尽量用平淡的语气讲述了那位飘风之王的故事讲述了我与他的偶然相遇，那个有着清澄眼睛的男人用坚定的口气告诉我，他会让我看到华胥荣梦，但他没有实现他的诺言，他背负着那个梦想艰难前行却一步步远离了荣梦，后来他疯了，再后来他选择了死亡。

故事讲完了，房中众人一时都默然无言。良久之后，骁宗陛下站起身来望向窗外。

"蒂梁，我也想让你看一样东西。"

"咦？"

主上转过头看着我笑了，他赤红眼眸出奇的温柔。

"放心，我想让你看的不是宏大辉煌的荣梦而是小小的现实——我想让你明年这个时候看到戴国漫山遍野盛开的荆柏之花。"

那双鲜红的眼睛是那么温柔又是那么坚定那么自信……

从主上那里告退时天色已晚，阿选将军执意送我回去，我则以自己微末之身不敢劳动禁军大将为由竭力拒绝。最后骁宗陛下一句"难得右将军这么热心，蒂梁就别再推辞了"。得来右将军一个大白眼的同时也让我不得不接受。

中

走在路上，我刻意与阿选将军拉开一段距离。

"蒂梁害怕我吗？"

"不，不是……"

阿选将军不像主上那样有令人窒息的王者霸气，相反，虽是军人他给人的印象却是文雅内敛。可是，不知为何，面对他我就感到畏惧……

"蒂梁你是才国人，可我看得出你对陛下的崇敬比戴国人更甚。"

"那是因为骁宗陛下实在很了不起，能有这样一位天意和民意共同指向的君王，戴国一定会成为好国家的。"

"天意和……民意吗……"

阿选将军轻轻重复这几个字,我看着这位曾和主上并称双璧的将军心中有些不忍。

"将军您也很了不起啊,既然您曾和主上并称双璧,那么无论是武略还是剑技都不会输给主上吧。"

阿选将军蓝色眼睛愕然注视着我,我慌忙低头道歉。

"对、对不起,我说错了什么吗?"

"没有,苙梁,我和骁宗确实是各方面都难分高低,尤其是剑技,到现在还没能分出高下。"

"真的?"

"一百五十一胜一百五十一败,三百一十四平,真真正正的平手。不过,第一次交剑是我赢了。"

"是吗,那次比试是怎样的情形?"

不知不觉中,我靠近了阿选将军……

从那以后我经常去找将军,他告诉了我很多陛下还是禁军将领时的旧事。或许,在别人眼中看来就变成我和将军走的很近。

有一次,蕴雉神秘兮兮地把我拉到无人处,一脸调侃地问我什么时候转换了目标,我茫然不解。

"还装蒜!"蕴雉敲了我一下,"跑到我那里哭诉苙梁把右将军抢走的冬官府女官都快把房门挤掉了……"

"蕴雉?"

蕴雉拔脚就跑,看来她也清楚这次被我逮到会有什么样的后果。

戴的天气依旧那么寒冷,然而这个国家却让我觉得这么温暖。我想我会一直留在这个国家,看荆柏雪白的花朵年复一年开遍戴的每一寸土地。

"我想让你看的不是宏大辉煌的荣梦而是小小的现实??我想让你明年这个时候看到戴国漫山遍野盛开的荆柏之花。"

那双鲜艳的赤红眼眸,是那么坚定那么自信又是那么的温柔……

随着荆柏之花遍地盛放,戴国也将改换新的面貌,不再荒芜贫瘠,冬天再不会有人因为饥饿和寒冷倒毙街头,戴会成为十二国里最富强的大国,一定会的,因为,有那位陛下啊!我如此坚信着。

其实,我对陛下的信任曾一度动摇过。即使天官府一些官员无故消失或被降职时我仍相信着陛下,可是当宣文夫人也被逮捕的时候,我动摇了。仁爱待人、清廉如水的宣文夫人不可能犯下罪过……我开始怀疑起骁宗陛下来。

很快内情就被捅了出来,宣文夫人曾为包庇自己犯罪的儿子而诬陷无辜的好人还曾接受贿赂。当我知道这个消息之时,满心的高兴中夹杂着羞愧,高兴主上的天纵英明,羞愧无能的自己对主上的不信任。

"从今往后我绝对不会再对陛下做的任何事情有所置疑。"

我对蕴雉这么说的时候,蕴雉眼睛里出现的不是担忧而是恐惧。我明白蕴雉恐惧什么,臣子舍弃疑虑把信任无保留的交付给君王是相当危险的事情,可是如果那位君王是骁宗陛下就不会有问题的。陛下比任何臣子都看得更远想得更多,我们只要无条件的相信他追随他的脚步前进就好,否则反会阻碍主上前进的步伐。

我经常去安慰蕴雉,开解她的忧愁,或许等到明年荆柏花满地盛开的时候蕴雉会舒展开紧皱的眉头。

可是，那一天没有到来……

文洲发生了叛乱，主上派出英章将军平叛。一开始事情似乎很顺利，可是转眼间叛乱又反弹。辙围出了事情，大家都在说主上打算亲征。为了这台辅到我这里大哭了一场，我一再安慰台辅要他相信主上的能力，可是他还是一个劲的哭。

没问题的。一定不会有问题……

只要是那位骁宗主上……

事情没有如我所愿的平息反而更加恶化，主上亲征了。前方不断有令人不安的谣言传来，整个宫廷笼罩在阴沉的气氛中。台辅来找我的次数越来越多，每次都带着满脸泪痕。我每次都想尽办法宽慰他，送走台辅后我会立刻去找蕴雉倾诉。现在，立场颠倒了，她变成安慰

的人我变成被安慰者。

"真是难为你了，其实你为主上担的心一点也不比台辅少，却还得强装笑脸去宽慰台辅。"

我看着手中荆柏树枝，这是一位仁慈的君王为了自己的子民而向上天祈求来的祥木。

"蕴雉，主上一定会平安回来的。"

"一位对百姓这么慈爱的君主，上天一定会保佑他的。"

"蒂梁！"

蕴雉的声音里隐含着不满，她曾说过骁宗陛下对百姓的态度与其说是慈爱不如说是怜悯。是基于身为强者的优越感而对弱者产生的怜悯，是对自身强大的骄傲而兴起保护软弱无力之人的责任心。

我不满她的论调和她争论，她淡淡对我说道："其实这点你比我清楚得更早……"

清楚……

是的，我清楚，清楚在权臣悍将面前威严霸气的主上为什么会温和待我。尽管非常不甘心，但砥尚陛下和阿选将军都曾半是玩笑半是认真地说我看起来柔弱的像个琉璃娃娃，轻轻碰触就会碎掉。

主上对柔弱的人非常温柔，对强大的人格外严厉，就像蕴雉说的，他认为保护弱者是强者不容推辞的义务，而自认是戴国最强之人的陛下愿意舍弃性命来保护臣民。

不是发自内心的爱护，而是骄傲于自身的强大……

在这上面较真有意义吗？不管是出自真心的爱护还是处于强者对弱者的怜悯，骁宗陛下所做的一切其目的终究都是为了维护百姓的利

益啊……

"想让你看的不是宏大辉煌的荣梦而是小小的现实。我想让你明年这个时候看到戴国漫山遍野盛开的荆柏之花。"

那双鲜红的眼睛是那么温柔又是那么坚定那么自信……

陛下，请您平安回来吧，荆柏之花还没开遍戴国的山野啊。

我对着荆柏祈祷，竭力压抑心中的不安和恐惧。

随着时间流逝心中的恐惧也在与日俱增，这种惶惶不可终日的情绪在那一天得到了终结，在发生地震的那天……

那天我很幸运，没有受伤。可是满眼的断壁残垣满耳的哭叫呼救把我吓傻了，我只知道一声不吭地往前走，直到看见蕴雉心中的惊恐才如惊醒般冲破胸腔。我冲着蕴雉大喊，我不清楚自己在喊什么，我

只听见自己的声音在嘶喊，我多希望蕴雉能走过来对我说"没事了，蒂梁"那样我就可以清醒过来冷静下来。可蕴雉呆呆看着我动也不动，仿佛失了魂一样。

"冷静点，蒂梁！"

男子低沉的嗓音把我的意识拉回现实。现实里蓝发红衣的将军正焦急的看着我。

"阿选将军……"

"你有没有受伤？"

"没、没有……"

"那就好。"

将军轻轻出了口气。在他身后，数不清的军士顶盔披甲全副武装。

"将军，这是……"

"宫中发生了异常，我带人来寻查原因。你和其他女官先到长乐殿吧。"

没想过质疑或反对，我任凭阿选将军拉着我来到长乐殿。殿里乌压压挤满了人，我看到蕴雉和其他几个熟识的女官也在。不知怎么回事，我看着这幅景象不由自主颤抖起来。

"放心吧，蒂梁。不会有事的。"

下

红色披风盖住我双肩，蓝发将军坚定的声音让我稍微安心。

是啊，不会有事的……

　　我站在蕴雉身边等待，等待离开的阿选将军回来，等待他一句"没事了"。

　　从窗户射进殿内的光线渐渐转暗，风在窗外呼呼作响，殿内静的出奇，时间仿佛凝固了。不知等了多久，殿门被阿选将军属下的军士打开，带来了王和台辅失踪的消息。

　　失踪……

　　我脚下一软瘫在地上。

　　"蒂梁！"

　　蕴雉呼喊着我的名字，我抬头看着蕴雉。

　　"蕴雉啊，我又怀疑错泰王了。我原以为到文州亲征不过是个借口，陛下是打算再次展开什么清扫行动。现在看来，原来不是这样的啊……"

　　陛下的心思是我这种平庸之辈永远无法揣摩的吧……

　　天色越来越暗，穿堂入室的寒风似乎能把人的身体和心一起冻结。华灯初上之时，阿选将军回来了，手中提着白雉的腿。

　　"骁宗陛下驾崩了……"泰王驾崩了。

　　他死了？那个白发闪动点点银光，赤红眼眸坚定又温柔的男人已经死了？

　　这怎么可能？！

　　他说过要让我看明年遍地盛开的荆柏花，现在荆柏还没广为栽种，荆柏树还没开花啊！

　　"我想让你看的不是宏大辉煌的荣梦而是小小的现实？？我想让你明年这个时候看到戴国漫山遍野盛开的荆柏之花。"

浑厚的声音在脑海中响起的同时，另一个从记忆水面下浮上的声音变得清晰。

"你相信吗？我会让你看到华胥之梦的！"

"飘风之王……"

我呢喃着这几个字望向蕴雉，蕴雉正看着我，她满脸都是泪。不止是蕴雉，殿内所有的人都在痛哭，除了我。

我哭不出来，我流不出眼泪。自从砥尚陛下死后我就从没流过泪，或许他死的时候我的眼泪就已经流干了。所以我现在无法流泪，尽管我现在经受的痛楚悲哀更甚于砥尚陛下死时百倍。

前所未有的痛苦带来了前所未有的清醒。原来当痛苦悲伤突破人能承受的极限时会返还成如此平静的绝望……

回想以往种种，我发现自己天真得可笑，幼稚得可怜。我老是说

凡事悲观的蕴雉总爱杞人忧天，却不曾想自己是被美丽的梦幻蒙住了双眼。霸气豪迈的君主带来了美梦，他的自信他的坚定他的卓越让举国臣民一起沉迷进那个梦幻，只有蕴雉，只有不爱做梦的蕴雉看到了虚幻梦境下掩盖的现实。

梦破碎了，可人还是得继续生存下去。

骁宗陛下驾崩半个月后，蕴雉决定回才国。

"在你的眼里，我是个小人吧？两次抛弃荒芜国家的小人。"

蕴雉的笑容，落寞又悲伤。

"不，蕴雉。人民也会做相同的选择……活着才是首先要考虑的事情。离开无法保证温饱的地方到有希望和有饭吃的地方去，这并没有错。泰王……骁宗陛下要是还活着，想必也会同意吧。"

"蒂梁，和我一起回才好吗？"

回才吗……

现在的才已经不再做梦，现在的才没有虚幻的梦境却有平实的生活。

回到我的故乡，回到生我养我的那片土地……

回去……

我抬起头看着路边种植的荆柏，树上已经缀满了星星点点的花蕾。

"我想让你看的不是宏大辉煌的荣梦而是小小的现实??我想让你明年这个时候看到戴国漫山遍野盛开的荆柏之花。"

那双鲜红的眼睛是那么坚定那么自信又是那么温柔……

"蒂梁？"

我听到蕴雉在叫我。

"不，蕴雉，我还是不回去了。我想留在这儿代他看荆柏花开放……"

"蒂梁……你是不是爱着骁宗主上？"

我笑而不答。

失去骁宗主上后，戴国的朝廷由假王阿选来管理。阿选即位后不久就升我为玉官府之长，我以自己的能力不足为由推辞，他固执地说道：

"我是王，我说你可以你就可以！"

于是，我无言地行礼谢恩。

我知道阿选的施政有多残暴，我知道他血洗了辙围和乍县。我曾试着进谏，他笑着对我说：

"你知道吗？如果换了别人他早就死了。"

于是，我不再进言。

我只想留在这片土地上，代替一个男人看荆柏花年复一年地开放。

荆柏，其花洁白如雪，其果鲜红如血，一年三季结实果实晒干后可以代替木炭。民间把荆柏叫成鸿慈，百姓供奉它来纪念那位以慈悲之心将它从上天求里的君王，那个已经逝去的男人……

"他还活着。"

李齐将军这么对我说的时候我正在斟茶，碧绿的水流从杯中溢出湿透了桌面上罗布。

接下来，我清楚了一切。

李齐将军向我求助。阿选曾赐予我一面令牌，持此令牌可在全国畅行无阻并自由使用任何一处港口的船舶出入国境。眼前的女将想去别国需求帮助。

"为何要找我？将军您确信我一定会帮助您吗？"

"我不知道，但我没有更好的选择。"

我笑了，把令牌递给她。

"请答应我，将军，您一定会把主上和台辅带回戴国。"

将令牌交给李齐将军的那一刻我就觉悟了

每一天我都在等待着逮捕我的人到来。那一天很快就到了，不过来的人只有一个。

客厅里，蓝发红衣的男子嘶哑着嗓子质问我为何庇护叛徒。

"叛徒？"

我看着那双燃烧般的蓝色眼睛。

"勾结乱军陷害自己君主的人会有资格称呼他人为叛徒？"

蓝色眼睛里燃烧的火焰一下子冷了下去,寒光从眼眸深处渐渐亮起,那光让我联想起荒郊野坟里的鬼火,而阿选的声音也像从地狱里传出一样的阴冷

"蒂梁,你知不知道背叛我会有什么下场?"

"我知道。不过我不会劳动你出手。"

我抽出连日来藏在袖中的短剑,把剑刃抵在颈边,静静回视阿选。他的眼睛已不再是荧荧鬼火,而是暴风雨前的海面。

"为什么?"

风暴在那海蓝色眼睛里卷起巨浪。

"为什么……"

阿选一拳砸向桌上茶具,随着瓷器破裂的声响,茶水混合着鲜血四处飞溅,打湿了他身上红袍。

"为什么,你也是,戴国的民众也是,为什么你们的心都只接纳一个骁宗,只承认他!我到底有什么地方比他差?!"

阿选崩溃般低下头,我突然觉得他有些可怜。

"你没有什么地方比不上骁宗陛下,只是天意和民意选择的是他而不是你。"

"可是,如果天意和民意选择的是你而非骁宗陛下,他决不会变成你现在这样的疯子。"我用力把剑刃按进脖子,然后用力拔出。

我看见鲜红的血珠在空中飞舞,我听见男人嘶哑的声音呼喊着我的名字,我感到身子缓缓向地面倒去。

接触到冰冷地面的那一刻,我看到窗外盛放的白花。

我睁大眼睛看着那些花儿,我说过我会代替一个男人一直看着它们。

血不停地流出，意识和视线一起急速模糊，在意识陷入永恒黑暗前的那一瞬间，我似乎听到两个声音在我耳边同时响起。

"你相信吗？我会让你看到华胥之梦的！"

"我想让你看的不是宏大辉煌的荣梦而是小小的现实。我想让你明年这个时候看到戴国漫山遍野盛开的荆柏之花。"

我曾服侍过两位君主，我曾爱上过两个男人。

第一个男人，他向我许诺华胥之梦的实现，然而没能实现荣梦的他最终选择了死亡。为了他的死，我流干了我的泪。

第二个男人，他向我许诺大地开满荆柏之花的现实，在这个现实还处于梦想的阶段他就失去了踪影。为了换一丝救他回来的希望，我流尽了自己的血。

第一个男人，他的名字叫砥尚。

第二个男人，他的名字叫骁宗。

他们有一个共同的称呼是"飘风之王"，他们有一个共同之处是给了我一个美丽而短暂的梦。

我听说人的生命就像清晨沾在草叶上的露珠一样短暂，我听说人的一生就像大梦一场般的虚幻，只有人死以后人的灵魂才会从短暂虚幻的梦境清醒，回到嵩里之山。

可是，我不会去嵩里之山，我还不想从梦里醒来。就算会变成寂寞凄楚的孤魂野鬼，我也要留在这片被冰雪覆盖的大地上，看荆柏树栽满大地的每一个角落，看荆柏花年复一年地开放，看荆柏的果实年复一年的成熟。

直到有一天，那个头发如同荆柏花一般洁白，眼睛如同荆柏果实一般鲜红的男人再次踏上这片盛开着荆柏花的土地……

咏 殇

■ 出处:《十二国记》
■ 原著: 小野不由美

■ 文: 天遣

"遵奉天命,迎接主上,不离御前,不违昭命,誓约忠诚。"他跪在地上,带着这句话,闯入了我的家,我的生活,我的生命。

我看着跪着的他,微仰着的头,充满期待的紫眸迎上我的目光。那是一张近乎完美的面庞,晶莹的眸,高挺的鼻。我定定地对着他的目光,心里紧绷的弦像是被用力弹了一下。轻微的痛触之后竟是无比的舒适,舒适得让我忘记了眼前人有着一头飘逸的金发。

"我宽恕。"我轻轻地说道,不是为了权力,不是为了国民,不是为了庆,只是为了那双紫眸,为了以后可以每天可以看见他。这样的生活,我不知道该怎样形容。每天都可以和他在一起,上朝议,处理奏章,进餐。我让他把英州的州务也搬到书房来,因为每时每刻都想见到他,一抬头,便可以找到那双晶莹的紫眸。

　　父亲，母亲还有妹妹并没有跟随我住到金波宫。父亲丢不下自己的店，虽然他用那店所赚的叫做钱的东西，要多少我就可以给他多少。我就是这样，一个人来到金波宫。

　　有时候我想，这算不算不出嫁呢？我一个人随着一个男人，来到他住的地方定居，跟他朝夕相对。可是我也知道这是不可能的，我是王，他是麒麟，我是主上，他是台甫，仅此而已。每天，我在金波宫里走来走去，我知道身后有一大批宫女，身前有一大批护卫。可我还是觉得只有我一个人，那种感觉，可能就叫做寂寞。我想我正在厌倦这样的生活，厌倦一个人在空荡荡的皇宫里活着，厌倦书桌上永远堆着的高高的奏章，甚至，厌倦了他那不带一丝波动的神情。

　　"景麒，我好寂寞，景麒，你可以陪我说说话吗？"我看着那一头专心埋在奏章里的金发，欲言又止。眼泪不争气地流了下来，景麒，

我们是半身啊，你难道不可以好好看看我吗？我在心里呐喊，可是冲出口的，只有哽咽的"景麒"。我看着他终于从奏章中抬起的头，看着他由舒展渐渐纠结的剑眉，看着他紫眸里的诧异转变为不满，几个月来在心中一点点堆积起来的伤感奔涌而出。

　　门还在响，从刚才一直响到现在，我知道，那是他。

　　已经不记得昨天自己是怎样摔门而去的，只记得他那不满的眼神和紧紧锁着的眉头。我拥紧了怀里的小狗，闭上眼睛，任泪珠顺着脸颊滑下。景麒，台甫只需要辅佐王的朝政吗？所谓半身难道就只是这个含义？我们相处了那么久，为什么连这么一点点的关心都做不到呢？"主上，请您去参加朝议。"门外传来他无力的声音。"你心里只有朝政吗？"我忍不住大喊。如果不是为了朝议，只怕你也不会来

敲我的门吧。

"主上，您是王，处理朝政是责任！"

"你说我是王，我就是王，我又不是自己想当王才做王的！"我随手抓起桌上的东西朝门砸去，伴随着沉闷的"砰"，敲门声终于停了下来。

景麒，你到现在还不明白吗？如果不是因为你，我根本不会在这里，困在这个寂寞的笼子里。可是为什么你即使是一点关心也这么吝啬呢？

门外再也没有传来一丝声音，他走了。

第二天，他没有来。

第三天，他没有来。

第四天，他还是没有来。

他走了，真的走了。

我在仁重殿里奔跑，急促的脚步声在回响，没有一丝一毫金色的踪迹，没有了景麒，原本就空荡荡的金波宫根本失去了存在的意义。

我想，我又在后悔了。

"主上，台甫只是应蓬山之邀去小住几天，不久就会回来的。"女官长玉叶如是说。我笑了，赏赐了她很多绸缎，景麒马上就会回来的，玉叶说言，我没有怀疑，也不想去怀疑，不愿去怀疑，或者根本就不敢去怀疑。景麒绝对不会离开的，绝对不会的。冢宰靖共一直这么滔滔不绝着。我静静地听，没有打断，叫他来只是想听他告诉我麒麟是不会舍弃王的，想听他说景麒是不会离开我的，可是却换来了这么冗长的国事报告。我走到墙边，取下一直挂在墙上的水禹刀。我拔出刀，手指轻轻地抚着剑刃，靖共停止了他的滔滔不绝，怔怔地看着我。

半晌，低低的水声伴着刀身发出的微弱的光荡漾开来。我低下头看着手里的国之重宝。刀刃上，景麒抱着一个黑发小男孩笑得好舒心，望着那孩子的目光里充满了温柔。我颤抖着手再次抚上剑刃，触到的却只是冰冷的剑身——什么也没有了，仿佛刚才那温暖得可以融化冰山的笑容只是一场幻觉。

"你看到了吗？"我抬头向靖共求证，急促的声音有些发颤。

"主上，"靖共伏在了地上，"主上不必过多思念台甫。台甫只是去蓬山探望泰台甫，很快便会回来的。"

"嗯。"我偏过头低喃，该得到的答案我已经得到了。

"靖共，你下去吧。"

"主上，那关于卢水坝重修的事……"

"你处理吧。"

我抱着水禹刀回到了长乐殿。

景麒的笑容一次一次地在刀身上重现，我紧紧抱着它，这是我的稻草。苍猿令发指的声音充斥着我的耳膜。"景麒从来没有在乎过你。"

"对他而言你除了王什么也不是！" "他会对每个人笑，就是从来不对你笑，你死心吧。" "王和麒麟本来就是不可能的，更何况景麒根本就不喜欢你！"我还是定定地看着天花板上的雕龙，任凭花猿在耳边吼了整整一夜。

云海上的风吹动及地的窗帘，发出布帛特有的声音。我偏过头去，透过窗帘的缝隙，我看到云海上微弱的晨光。

我突然明白了。

已经为了景麒接任了王位,放弃了过去,踏上了一条不归路,我还有什么资格为自己的寂寞而挣扎呢? 我所想的,不过是可以看到景麒对我笑呀,只对我一个人笑。伸手抚了抚鬓边的乱发,"玉叶,"我轻轻唤道,"准备朝服,我要去上朝。"靖共对我的到来似乎有些措不及,我坐在高高的玉座上,聆听下面的他们一点点的抱怨。

为了建坝,靖共加了国税。已经既定的事为什么还要形式地向我汇报呢? 本来就没有打算听我的意见吧。我抚着额头,思索着。空气中突然溢出一点潮水的味道,不易察觉的微风从右边吹来,众官也停止了发言。

我向右边看去,久违的金色连同久违的阳光一起映入了我的眼帘。静谧的书房里,我定定地坐在窗边,极力摆出一脸平静望着云海,

身后景麒的呼吸声声可闻。侍女纷纷退下,偌大的房间又只剩下我和他。

"蓬山,怎么样? "

"一切如旧,不过倒有了些生气。"

"生气? "我有几分疑惑。

"泰台甫前些日子从蓬莱回归了,现在的蓬山每天都是节日。"

"泰麒啊……"我低喃,脑中浮现了那个被景麒抱在怀中的小男孩的面容,"既然如此,为什么不在蓬山多住几天? " 空气显得有些僵硬,景麒没有回答,我不安地动了动身子。"能看到主上将朝议主持得井井有条,景麒觉得非常高兴。"景麒突然伸出手把我从窗边拉了起来,"但是主上面容憔悴,没有休息好,却还要上早朝,主上要

注意身体啊。"心脏好像停止了跳动，我看着近在咫尺的他，绝美的紫眸带着几分怜惜。手掌传来了他的温度，空气也停止了流动。一切为什么不就这样停下来呢？僵硬着，我说不出话来。

"让景麒送主上回长乐殿好吗？主上需要休息。"轻轻地挽上我的手臂，景麒的嘴角淡淡地划出一丝弧度。

这是……

景麒对我笑了，只对我一个人的……

带着淡淡的笑意，恬适的面容穿越一切，深深地烙在了心底。

云海上的潮声还在响，微风仍在翻动桌上的奏章，书房一如往常，可是一切都不一样了，悲伤过去了……

找到了我要的东西空荡荡的金波宫不再空荡荡，因为景麒和我一起……

朝堂上，众官还是顶着蔑视的面庞先斩后奏，长乐殿里苍猿还是尖利地明讽暗刺，然而这些都不重要，因为景麒和我站在一起。我就这样不谙世事在我的爱情堡垒里躲了六年,希望日子可以就这样一天天持续下去，无欲无求地快乐下去，我是王，他是台甫…… 可惜爱情本身就是一种欲望，而我明白得太晚了。

"台甫，真是太感谢了！"我在仁重殿门外停住了脚步，兴奋的呼声透过墙传入耳膜。"台甫真的变了很多呢，六年前我们都非常惧怕台甫的。""可是现在我们都好喜欢台甫哦！""对啊，现在的台甫好温柔哦。""台甫要是不是台甫就好了。"笑声渐渐扬起，我跌跌撞撞地离开了仁重殿，原来景麒的关怀不是给我一个人的。为什么我到现在才发现？ 心里冰封的圣洁的爱情,顷刻间变得狰狞起来。我驱逐了金波宫里那些不知所谓的侍女。

"主上，您为什么要这么做？"景麒向来平静的声音带上了颤抖，"她们在金波宫长大，离开金波宫，她们根本没有地方可去啊！""这件事你不要管！景麒，回去休息。"

"主上！"

"这是王命，回去休息！"看着景麒失落的身影离开长乐殿，阔别了六年的泪水沾湿了衣衫。"你不是说为了景麒要勇敢起来吗？怎么现在又这么做呢？你怕她们抢走景麒吗？"苍猿又开始低笑。

我背过身去，从墙上取下水禺刀。我抚着剑刃，冰冷的剑身一如既往，"再说我就杀了你。""滴嗒"的水声传出，剑刃上班渠的身影划过天空。

"常世与王宫不同，以后请珍重。"景麒的声音低低响起。

"砰！"我用力扔掉了手中的剑，景麒你怎么可这么做！

我倒在玉座上，正殿里真的只有我一个人。金波宫不会再出现除了我以外的任何女人。"主上！"景麒一脸激动地冲了进来，"主上，听说您下了王命要……"

"我已经下旨驱逐了庆国所有的女人，"我无力地说道，眼角突然有种被撕裂的疼痛。景麒，请不要再帮助那些不知高低的女人了，这样只会让我更加怨恨。

"主上！您到底是怎么了？"景麒伸手摇着我的肩膀，"您要她们去哪里呢？她们犯了什么错？""不要再说了！"我打掉景麒的手，"尧天不需要女人！"

看着景麒诧异与绝望的眼神，泪水再次不争气地滑下，"我喜欢景麒，喜欢景麒你啊。从此景麒眼睛里只有我一个女人，不好吗？ 不好吗？"

景麒没有回答，空洞的紫眸看着我，瘫倒在一边。称病不朝，景麒在向我抗议吗？我笑，以民生为重的台甫也会做这么幼稚的事。然后流言开始传播，朝野开始动荡。

"台甫病了，失道之症啊。"

"天帝对主上生气了。"

"天帝要放弃主上了，才六年啊。"

"庆国又要动乱了吗？"

我不相信谣言，我没有错，景麒也不会失道，他只是在生气，生我的气。

然而事实却铁铮铮地放在了眼前，六年前才修的卢水坝被冲毁

了，整个和州陷入了巨大的洪灾之中。只在失道之国才出现的天灾，在庆出现了。

我跌跌撞撞地走在去仁重殿的路上。

我失道了。

我让景麒病了。

我，真的错了。

寂静的房间里，几位皇医在低声地哭泣。我在床边坐下，他闭着眼睛，深锁着眉头，虚弱地躺在床上。白皙的皮肤出现了黑色的斑斑点点。似乎感觉到什么，他偏过头睁开眼睛，轻声地吐出一句"主上，对不起……"该说对不起的人是我啊，景麒……我坐他身边泣不成声。"主上，失道之症是不治之症，除非……"皇医的声音在身后

响起。

　　"主上，请您励精图治，为庆创造一个治世。"景麒挣扎着说。我仆倒在床上，泪水更加抑止不住，我知道皇医说的跟景麒说的截然不同，对于他们而言，景麒这个可以为他们选出下一任王的台甫远比我这个失道之王重要。

　　可是对于我而言，又何尝不是这样呢。他是远比自己重要，是我要以生命来保护的存在啊。我闭上眼，伸手抚摸他的脸庞，那张在梦中抚了无数次的面庞。

　　"景麒，我会让你好起来的！"

　　"主上！"紫眸中溢出一丝欣喜，"主上一定可以给庆一个治世的！"天帝的声音一如我即位时的威严，我躺在蓬芦宫，身体在迅速地老化。马上，就要死了吧，死在他出生的地方。他现在怎么样

了呢？还痛苦吗？几天前景麒带着欣喜的眼神在眼前闪过，泪水顺着眼角落下。

　　景麒，对不起，我不是一个合格的王，不能让国家从失道走回正道，为了不让你死，我只能选择这种方法。不要怪我，我只想你能好起来……

　　天帝，请赐给庆一任贤王吧，可以给庆带来治世，可以照顾景麒的人，完成我无力去做的事。

　　我祈祷着，为我惟一能为景麒，为庆做的事。

　　景麒，请好好照顾自己……

　　对不起，景麒……

予青六年春，宰辅景麒失道，疾甚。尧天大火疫疠纷至。政不节，苞行，谗夫昌。民忧以歌曰：天将亡庆哉。五月上，王赴蓬山，准予退位。同月上，崩于蓬山，葬泉陵。享国六年，谥予王。

——《庆史予书》

睢 鸠

■ 出处:《十二国记》
■ 原著: 小野不由美

■ 文: 凯琳

上 江 之 永

那位少女就如同一幅画,那丝绢一样柔软亮泽的深蓝长发那珠玉一样柔润细腻的白皙肌肤那湖水一样清澈深邃的碧蓝眼睛,都如同名家精心描绘的图画般鲜艳明丽,只要她出现在视野里,眼中其他一切事物都会在瞬间变成无色的苍白,只有清丽如画般的少女独自摇曳着灿烂的光辉。

那少女就如同一朵花,一朵绽放在衰草丛中美丽的花儿。刑场上被暴政压迫的麻木的观刑人群中只有她勇敢地表示出心中的不满和憎恨,她是一朵花,一朵美丽又坚强的花。

"真是对不起……"

当祥琼为因救自己而无法外出工作的青辛致歉时，青辛无所谓地笑道：

"不用道歉，是我自己要救你的。我也是一个有正义感的人哪！"

俏皮话青辛是说惯了的，他也自认不是个脸皮薄的男人，可是祥琼侧头凝视他的模样竟让青辛生平第一次在女子面前红了脸。

她明明还是个小了自己十多岁、未脱孩子气的少女啊……

一个柔弱又倔强的少女，一个固执又明理的女孩。连青辛都无法相信本国的新王——一个罢免贤侯包庇奸臣的傀儡女王，而她却相信，相信景王定会醒悟。

"必须要向景王进言，必须有人去让她醒觉，就算景王说不知道有这些事发生报应还是会发生在她身上。而且王对自己的国家都不清楚的话就更不可以原谅，说自己只是傀儡的话同样不可以原谅……"

少女说出这些话时的神态，既坚定又痛楚，她那神情让青辛不解也让青辛怜惜。直到文州之乱平息后青辛才明白那坚定痛楚的神态后发生过什么事情，明白了这位名叫孙邵的他国前公主的痛苦和悔恨。

想要保护她，想要让她不再流露悲痛悔恨的眼神。

青辛对自己这么说。

可是，当青辛看到祥琼坚毅的表情，看到身为小吏的她在君王权臣面前也毫不落于下风的举止言谈，青辛会觉得现在的祥琼根本不需要他的庇护——那位少女已经不再是要他去为之挡风遮雨的脆弱花蕾，而是在王宫朝野盛放华彩独当一面的有能官吏。这种体认让青辛为祥琼高兴的同时又有点失落。

那个小了他许多如花如画的少女啊！

祥琼的官职不断提升，她眉宇间的威严日盛，她在朝议上慷慨陈词力压群臣的气势让豪勇的武将也感到了压迫力，看着祥琼挺直的背影，青辛心中升起一丝恐惧——

那个画一样的女孩，那个用责备的语气要他注意的女孩，那个倔强又可爱的女孩……离他越来越远了。

尽管现在身为最高武将，尽管现在深受君主信赖，尽管国势在自己深为景仰的冢宰浩瀚主持下蒸蒸日上，整个朝廷整个国家都充满活力，但是开朗乐观的青辛偶尔会轻声叹气，偶尔他还是会怀念隐姓埋名藏在文州的那段时光。在回忆长河的那段水流里，站着一位美丽如画的少女，她用无奈的口气叫自己和她一起打扫厨房，因为自己不愿意换掉多日未洗的衣服而追着自己满院子跑……

祥琼永远都无法忘怀那只手，在自己被追兵追得走投无路时出现

在自己面前的那只手，那只把自己从绝望深渊拉上来的大手，是那么有力那么温暖。握着那只手祥琼心中的恐惧不安一下烟消云散。

那个男人有着一张端正的脸，说不上俊美，眉宇间有着成熟男人特有的沉稳自信，笑起来像阳光一样明朗。平日他是个出色的领导人，有条不紊地指挥着和他在一起的那群佣兵，他也是个睿智的战略家，能轻易看出友军或敌方的所谋所图，他有时又是个不懂得照顾自己的大孩子，一个需要自己去帮他收拾房子提醒他注意仪容的大孩子。

青辛是个爱说笑的人，他很爱开别人的玩笑，不分男女。可是对祥琼，青辛的态度要严肃许多，虽然也和她说笑，但总是注意着措辞和限度，这让祥琼心中总有些不快，总有些无奈……

他毕竟是个二十七八岁将近而立的男人啊，自己却是十六岁方当

韶华的女孩。十二年的距离如同一条极窄极短又极浅的水流把她和他分隔在两岸……

其实那水面很窄，只要他一迈脚就能跨过；其实那水流并不是很长，只要他有勇气向前走就能很快绕过；其实那河水并不是那么深，只要他的一句表白就能填平。

可是他却任这条河横在他和她之间，不去想任何办法。

一这么想，祥琼就暗自生那个笨熊的气，但她却没想到自己这方面也有问题。

因为不愿意被青辛看成无用的寄居者，祥琼主动承担起为这群佣兵洗衣做饭、打扫庭院；因为不愿意其他人把自己当成青辛雇来的佣人，祥琼有时会故意找青辛的碴和他拌嘴；因为不愿成为被青辛当成处处需要他保护的脆弱娃娃，祥琼开始向佣兵们学习骑术和剑术。文

州之乱后，祥琼成了景王阳子的朋友，入宫做了女吏。尽管景王是个热情大度的人，但这不意味着金波宫和庆国朝廷也是那么热情宽容，祥琼他国前公主的身份，在供国犯下的罪行都成了别人议论的话题。祥琼只好用严肃高傲的神态来保护自己，用实绩和功勋证明自己，她不愿别人因她的过去而轻看她，尤其是禁军里那位有着开朗笑脸的将军。

一心扑在事业上佐助君王治理国家的祥琼实在太忙了，忙得她即使偶尔和那个将军见面也没时间没心情留意他眼中越来越深的不安。

当国事稳定朝野内外再无一人对少女的人品能力有所置疑的时候，男子与女子相见时却已经只是各守礼仪说些官面话聊些琐事后便再也无话可说了，这个时候身居小宰之职的祥琼才惊讶地发现在青辛

和自己之间那条原本极窄极短极浅的小河竟不知何时泛滥成极宽极长极深的江水……

身居高位，深受君王的宠信，成为举国上下一致称赞的女官典范，祥琼对自己全新的人生满足为自己的成就欣慰。然而每当夜深人静躺在床上听着轻风吹过竹叶的沙啦声，祥琼就会想起在文州度过的时光，她有时觉得其实在那段日子里自己才是最幸福的，因为在那段日子里有着一位青衣短衫笑脸开朗的男人，他用那双有力的大手救了自己，他把自己背在他宽厚的背上，把自己背进了另一个人生的开始，他笑着和自己一起打扫厨房洗刷餐具，他因为懒得换下多日未洗的衣服被自己满院子追……

冰月的清冷光辉低过绮户照在无眠的少女身上的同时，有一位男子对月追思着往事。少女的无眠是因为这名追思的男子，男子追思的

是那位无眠的少女。

他们彼此都深爱着对方，他们之间没有外力的妨碍，他们的朋友都明白他们对彼此的心意，对他们充满了期待和祝愿，可是他们之间却隔了一条长长的江，把他们隔在两岸遥遥相望……

下何以告

赤乐二十七年四月，征州暴民动乱，禁军左将军青辛奉命出征。

朝堂上，左将军的位子日复一日空置，小宰祥琼的脸色也随之日甚一日地难看。

原以为快则七、八天，慢则半个月就可以见到凯旋而归的青辛，

可是没想到乱军中竟有几个善于用兵的指挥官在，加上熟悉本地地形，居然和王师相持不下数十天，胜负之分难以决出。

祥琼握着毛笔的纤长手指用力按着笔杆，似乎要把心中不安担忧全按进黑色的细长木柱里。

他现在怎么样？虽说他是久经沙场的宿将但战争总是凶险不可测，他能获胜吗？就算王师凯旋又能保证他平安无事地回来吗？他现在在做什么？是固守阵地还是对乱军发起新一轮攻击？他的武艺很高强，应该不为敌人所伤但如果他中了埋伏呢？

"小宰大人，小宰大人。"

身旁下官的呼唤声把祥琼从纷乱的思绪拉回天官府。她回头看看捧着大叠文件的属下。

"怎么了？"

"大人，您、您把调节财务的文书当成考核采邑官府政绩的文书来批了……"

正当祥琼对着被自己批成一团糟的文书哭笑不得之时，门外响起女子开朗的大笑和男子极力压抑着的低笑声。紧接着走进房中的明丽女子一头鲜艳红发燃烧般闪耀在阳光中，而她身边秀逸若玉树清冷如夜星的黑发青年，一贯严肃的面孔上残留着些许笑意使他看起来柔和许多。

"主上，冢宰大人。"

祥琼连忙从案边起身，前去施礼。

"免了免了，你我之间用不着在意这些琐碎礼节。"

阳子拉起祥琼，调皮地笑，得来祥琼一个白眼加一顿训斥。

"如果在内宫我才不会施礼呢！可这是天官府，众目睽睽之下该遵守的礼仪还是得遵守，不然又会被官僚们议论成不知礼数了。我还罢了，阳子你可是一国之主总得注意身为国君的威仪！"

"祥琼，最近有没有人说你越来越像景麒了？"

一君一臣两个少女拌嘴的当儿，浩瀚缓步踱到书案前拿起那份错批的文书，略一思量，转身向祥琼道：

"小宰近日来似乎身心都很疲倦了，暂时不要理会公务休息两天吧。"

"可是政务……"

"放心，这些交给浩瀚和大宰好啦。"阳子拍着好友的肩膀说："这两天就住到宫里好了，御花园里的花开得好漂亮，叫上玲一起去赏花，我们三个人好久没能聚在一起好好散心了呢。"

看着阳子关切的神情，祥琼点了点头。

她知道阳子所做的一切都是为了自己。担心着青辛的祥琼也让朋友们在担心着。想到政务繁忙的君王还要把心力耗在排解自己的不安上，祥琼就很过意不去，带着对远在边陲的将军的挂心和思念以及对自己淡淡的自责，祥琼住进小寝。

处于高山之顶的金波宫，气候比下界来得温暖，山下秋天似花的木芙蓉在御花园里与碧桃争艳，紫丁香缀在枝头的花骨朵在夕阳的余辉里轻吐那淡雅的意蕴，别称"五月雪"的油桐绽放一树皎洁，花香伴着微风如梦如幻与轻轻响在耳边的云海潮水起伏声一起构建了一个使人忘忧离愁的飘渺仙境。

阳子和祥琼坐在花园中的小亭里品茶歇息，亭外站着几个侍官和宫女随侍。玲已经回府了，和作为景王的阳子、独身的祥琼不同，玲已在年前和秋官长夕辉完婚，是公认的恩爱夫妻，自不会让下朝的丈夫回家独对空房。

"玲也真是，有了老公就忘了朋友，没义气。祥琼，你记住，以后你成亲了千万别学她喔！"

阳子用轻快的语气抱怨着，祥琼只好苦笑。

成亲……

她现在已经不敢去想这个词，隔开她和他的那条江实在太宽实在太深实在太长……

祥琼有时觉得今生她和青辛或许注定是有缘无分了，他们只能永远在被江隔开的两岸遥遥相望，但是祥琼更清楚今生自己不可能和其他的男子成亲不可能爱上其他的男人，那个身材魁梧笑脸开朗的男人

在她心里留下的烙印实在太深太深，想要忘记自己对他的情感，除非把自己的感情完全剥夺，把自己的记忆完全清除掉……

算了，不要想这些了，现在我只求他平平安安从战场上回来……

祥琼碧蓝的眼眸中泛起细微的水光。

看到祥琼呆呆望着杯子神态凄楚，阳子握住祥琼的手轻声安慰。

"放心好了，青辛可是我庆国最引以为傲的将军，他一定会获胜归来的。"阳子的声调微微提高，"说不定此刻捷报就正在路上呢！"

阳子话音刚落，就听到侍官禀报冢宰求见。阳子和祥琼对视一眼，宣浩瀚上来。不多时便见年轻的六官之首匆匆来到，一只青鸟停在他平举的手腕上。

进到花亭，浩瀚先看看祥琼才转身对景王行礼。

"浩瀚，这只青鸟是……"

"它是从征州而来。"

祥琼猛然起身，匆忙中失手打翻茶杯，杯中茶水溅湿她身上罗裳，她却浑然不觉，一双眼睛直盯着浩瀚和浩瀚手中的青鸟。阳子心中暗笑，她拿出一小块银子放入青鸟口里，立刻鸟儿张开嘴吐出一个青年粗豪的嗓音，那正是青辛的心腹部下师帅旻威的声音。

"启禀主上，王师已于日前获得全胜，匪徒首领被活捉。敌我伤亡都很小，这多亏了将军的奇谋。本该由将军亲自向您报捷，但是将军在这次战斗里被乱兵暗算受伤，只好由微臣潜越代禀……"

祥琼的脸顿时好像给雪白的油桐花瓣染色了，单薄的身子在微凉的晚风里瑟瑟发抖。她抬头望着好友，费力地张开嘴唇。

"阳子，我……"

"祥琼，我现在以景王的身份命你代替我去征州劳军，你就留在征州照看左将军等他伤愈和他一起回来好了。"

阳子话音未落，祥琼已经往外跑了，头也不回地扔下一句"多谢"。

"又是个见色忘友的家伙。"阳子小声地嘀咕道。

"主上，您说什么？"

"啊，没什么啊！"

阳子歪着头盯着冢宰那张清雅严肃的面孔。

"我在想，这只青鸟应该还没把话说完吧？"

"喔，何以见得？"

黑发青年严肃的面具被唇边隐隐浮现的笑意融化。

"这个嘛……"阳子晃了晃手指。"因为以旻威那个霹雳火性子，如果青辛真得受了什么了不得的重伤，他头一句肯定是启禀主上，左将军大事不妙。"

浩瀚终于笑出声来，他从袖中掏出一块银子喂给青鸟，果然爽朗的声音又蹦了出来，"不过请主上……喔，还有小宰放心，将军只是肩上被敌人砍了一刀，伤势不重，医生说两三天就能痊愈了。"

祥琼不记得自己怎么跳上骑兽，不记得自己是如何驾御着骑兽从金乌西沉到玉兔东升再到晨光初现一直在空中飞驰，不记得清晨到了征州地界时空中突然下雨，她甚至没感觉到雨水打湿了她的头发，雨珠黏在她长长的睫毛上，在她的意识里可能还以为妨碍她视线的是自己的汗水，她也没觉得湿透的衣衫紧紧贴在身上带来的冷凉触感，她的心里想的只是他，只是想要尽快看到他，除此之外任何事都无法进

入她的思维之中。

骑兽降落在作为行辕的州侯别墅门前，祥琼顾不得表明自己身份向院内冲去，要不是刚好王师师帅旻威在门口和人聊天，守门的卫兵肯定会把小宰擒下给赤乐朝造成一个不大不小的笑话。

穿过庭院跑过小桥，祥琼几乎是靠直觉跑到西院的正房。气喘吁吁地停在门外，祥琼顿时愣了——那个应该躺在病榻上昏迷不醒的左将军正斜靠在榻上，榻前放了张小桌子，桌子旁围着几个军官和榻上的将军一起吆三喝四地掷骰子。

"哎呀，又输了，今天不玩儿了！"

青辛边说边收起骰子，抬头间眼角余光扫到院子里婷立于雨雾中深蓝色长发的人儿，骰子顿时从他手中滑落。

是梦？难道深深压抑在心底的思念幻化成梦境把她带到自己面前？青辛狠狠掐了自己一下，痛得他一咧嘴。

"祥琼！"

禁军将领们目瞪口呆地看着身为最高武将的左将军从榻上跳起，连鞋都忘了穿赤着脚以令人咋舌的速度冲刺到院中。

那张爽朗的笑脸离祥琼是如此近，祥琼一时还没从刚才受到的冲击中完全清醒，她看到他好好的没事，她有点不敢相信。

"祥琼，你怎么来了？身上怎么这么湿？"

没错，这是他的声音。

祥琼抬起手抚摸青辛的脸，从手心感觉到的触感是那么温暖。

"祥琼……"

纤小的手贴上自己的脸，青辛心中先是一惊，喜悦还没来得及从

心底浮出，少女纤小的手掌在他脸上响亮地击了一记耳光，还没等青辛回过神来，怀中已经多了一具颤动不已的身体。

"你这个混蛋，为什么不好好说清楚你受的伤根本不重，为什么要骗我……"

少女的话语带着哭泣的声音，数十日来的不安焦虑在这一刻完全爆发。

"你知不知道我有多担心，有多害怕……"

祥琼再也说不下去，把头埋在青辛胸前放声大哭。

虽然她的话，青辛根本没听懂前半段是怎么回事，但脑筋转得特别快的青辛隐约猜出这八成是景王和冢宰联手捣鬼。

不过还真是得谢谢他们。

轻轻抱住祥琼，感受到少女身上的温暖，多年来横在自己和她之间的大江在一瞬间消失无影。

可是她身上未免太热了吧？

青辛把额头抵在祥琼额上。

"你在发高烧啊，祥琼。"

大概是因为一夜未眠赶路，再加上淋了雨受了寒气，祥琼高烧不止。阳子和浩瀚做梦也想不到派祥琼去照看青辛的结果会变成祥琼躺在病榻上，青辛在旁边寸步不离地照料。

放下心来的祥琼昏睡了整整一天，当她醒来时窗外已是漆黑一片，她转过头看看身边的青辛，眉头顿时微皱。

"青辛，我和你说了多少次玉带不是这么个系法，你也不想想你现在也是将军了，还是对仪表这么不注意！"

"喂喂，我出席朝议或是出使国外时可还是很注意的。"

"那怎么行，日常也得注意啊，你可是代表了庆国所有的军人呢。"

"好好，我注意，不过我的记性很差……"青辛做了鬼脸耸耸肩，他拉起祥琼的手。

在祥琼的记忆里，男子的眼神从未这么温柔，男子的声音从未这么诚挚和深情。

"所以……以后每天清晨我都希望能够听到你的提醒。好吗？"

横在深深相爱着的他和她之间，那条又长又宽又深的江水已经消失无影了，世间没有任何东西能再次把他们分开。

祥琼紧紧攥住青辛的手，轻轻点了点头。

窗外的雨仍然在下，雨水在风中飘舞，雨珠在树叶上跳动，敲出一曲轻快婉转的歌谣，南窗下，相依相偎的男子和女子一动不动地感受着这迟来了二十年的幸福，时间仿佛在他们身上凝固了，凝固成一幅天长地久的图画……

花 时

■ 出处：《十二国记》
■ 原著：小野不由美

■ 文：麒麟

"已经是二八天时了哩。"庆东国的景王阳子俯视一地春光，忽然觉得落寞。

"是的，主上，庆的子民正在努力耕作，今年势必又是丰年。"外表看起来像是人类青年的麒麟仍然一本正经。

"不愧是台辅，永远挂记国家民生。"阳子笑，眼睛却流露遗憾，"可是景麒，我刚才并没有想到我的国家与人民。"

"主上？"景麒声调不变，但阳子知道他迷惑。

"这个季节，是我家乡樱花开放的季节。"她对着阳光扬起脸，"上野的染井吉野樱此刻必定肆无忌惮、绚烂无比，我家院子里那株'小彼岸'大概也已经开出淡红色可爱的小花儿了吧。"

阳光太过明媚，景王伸手遮挡。

"可是过了那么多年，我家的房子也不知道还在不在，我妈妈不知道还在不在……应该是不在了吧，快一百年了哩，景麒你说可是？"她停顿一下，接着说，"房子或许还是在的。"

"主上，不是有水禺刀吗？"

"呵，我不想从那家伙处知道……百年不老不死，也许再过很多年还是这个样子，真可怕，景麒，简直像个老妖怪，要是再自苍猿那里了解一切，那可更加了不得。我不想无所不知。"

"主上当明白仙人与妖怪之不同。"

"啊，也许吧。"阳子转过身，抬头看看景麒，"能像景麒一样单纯真是幸福哩。"

"主上这样说，超乎我的理解范围。"

"当我没说。"阳子微笑，"景麒不会明白，什么是'乡愁'。"

"请主上明示。"

"其实也没什么，乡愁不过是一种无伤大雅的病罢了。"阳子甩手朝金波宫深处走进去。

景麒紧随其后，形影不离。

"人离开家乡越是久，就越是想念那里；家乡的一颗石子都是好的，我甚至想念东京看不见星星的夜空。"

"主上的家乡难道不是庆国吗？"

"是啊，不过我最初看到的世界，是蓬莱。虽然我在那里一点也不快活，可现在还是会怀念那里。"

阳子立定在御书房，已是夕阳无限。随手提起一管中染，润了颜色，笔尖一顿，粉色的云霞便在白色的重绢上氲氲着。"景麒，这是山樱，砧公园的山樱可是很美的。"

　　站在阳子侧后方的庆台辅看不见他主上眼角眉梢蕴含的笑意，但她声音里有种快乐的成分，令这个黄昏比平日亲切三分。

　　阳子究竟画了些什么，景麒看的并不真切，只见御书桌上一团粉红云蒸霞蔚。他凝视那团粉红片刻，想着哪里见过似的，就说道："这种花，在巧国配浪的山里，春天也是有的。"

　　"配浪啊……"阳子笔停，"我到此地，第一站便是配浪哩。好像也是在春天的样子，不过恐怕那时的花都被'蚀'卷走了吧。"

　　"主上想看的话，现在也可以。"

　　"谢谢你的好意，景麒。"阳子侧过脸瞧瞧他，又转开视线，注视最后一抹烫在窗棂上的春光。

　　"那不是樱花，正如我不是'中嶋阳子'，"主上也未必是想看蓬

莱正在盛开的樱花，主上想看的，只是过去的、再也无法看见的樱花吧。"

　　"哎——景麒变得聪明了哩。"阳子笑嘻嘻的回头，"这样的话，每天和景麒说说话，也变成了一桩相当值得期盼的趣事。"

　　"主上……"最后的春光，终于越过景王猩红的发梢隐去了。

　　"可是景麒竟然不觉得无聊吗？"

　　阳子跳跃的思维令景麒几乎追不上。"主上指什么？"

　　"在'失道'或者被冬器砍去头颅之前不老不死，日日面目依稀似曾相识。景麒从来没有觉得无聊吗？"

　　"没有。"

　　"回答得这么干脆……"阳子低头叹息，"麒麟大概是不懂得无聊

为何物的种族。我却觉得很无聊哩，自己在努力做一个景王，不让你得'失道之症'，又没有人造反，每一天每一天都差不多，重复着相似的事情……景麒真的不觉得这很无聊？"

"主上……"一丝不安掠过景麒海蓝色的虹膜。

"所以尚隆才会不爱呆在玄英宫而到处拈花惹草，说是出外学习新的治国之道，其实也不过是他的风流本性罢了，但那样日子的确是过的有盼头一点。不说人家，景麒，我明天便打算出发周游列国，你不用跟着我，好好守着金波宫便成。有浩瀚祥琼他们在，国事不会有问题；万一有什么事情你就来找我——反正你脚程快。"

原来她从下午开始喋喋不休说了那么多，又是作画又是叹气，就是想说出这两句话来。"算起来主上也有近三十年没有四处走动过了。"他依旧不动声色。

阳子给他一个"你也知道啊"的眼神，接着说道："就算出门也是三两天就回转，根本什么也没看到，我快被公文埋葬啦！"

景麒接受现实。"主上若是出行，还请多加小心。"

"自然。"阳子神清气爽，"我这百多岁的年纪可没活在狗身上。"

闭上眼睛，抬起下巴，阳子仿佛感觉到夜樱缤纷坠落的气息抚过脸颊上张开的毛孔。其实那不过是夜色流过。

"对了，景麒，你见过樱花凋落吗？下雪一般，但比那凄艳千倍不止。我家乡管这叫作'花吹雪'，世间绝色。你要是没见过可真是遗憾。不过，有一天我将失道亡国的话，也要像'花吹雪'般的果断壮烈，那时你便能一见。"

"主上！"

这一次景麒的声调出现了显著的波动。

阳子"咯咯"笑出声，剑眉星目，明媚爽朗。

"像景麒一样单纯真是幸福咧。"她摆摆手，转身步出御书房，"我承诺你，我会走下去，直到你觉得无聊的那一天，这个国家才不再继续……

五章　暗夜华族

追 随

■ 出处:《犬夜叉》
■ 原著: 高桥留美子

■ 文: Rinchan

岁月的痕迹,深了。

越来越僵硬的关节和在强健的筋骨中逐渐蔓延开来的持续的疼痛
——他,已经抗争了这么久。

曾有过一段时光,他也能够如此轻快地奔跑,感觉就像在飞。他
从空中绚烂地划过,将脚下广阔的土地抛在身后,从不停留,永远陶
醉于凌空时的恍惚与梦幻。除了另一个与他有着同样神奇速度的妖怪
之外,没有任何人能比他更快。

他希望他仍能奔跑,尽管铁碎牙对他来说已太过沉重,尽管在不
小心跌下树梢的时候,他背上的伤痛需要村里最好的药膏才能治好。

他怀念奔跑的欢畅,怀念妖力在他的血脉中翻涌,怀念他背上的
女孩很轻很轻的重量,还有她的头发随风摇荡,拂过他脸庞的感

觉……

　　他总是背着她，正如他们刚见面时的那样。他们也很少各自单独出门——当她去临村照顾一个生病的小孩时，他就坚持要与她一同前往，为的是能够时时守护在她身边。而当他去对付一个凶残的妖怪时，她也会坚持与他一起面对……

　　所以，当她第一次告诉他，她不能再陪他去时，他真的很惊讶。她说路太长，他的脚步太快，她的身体太虚弱，太苍老——尽管，尽管她的箭还和从前一样的准。

　　然后他终于意识到，他们已经相依度过了如此漫长的岁月。可是，这样的日子又显得多么短暂……

　　他还记得他对征途结束的恐惧。他们得到的碎片越多，他恢复玉的原貌的渴望就越发暗淡，因为，一旦碎片凑齐，戈薇就没有理由再

回到战国时代了。

　　在最后的一战中，奈落服下了完整的四魂之玉。戈薇瞄准玉的光芒，用破魔箭射穿了他的躯体。奈落终究承受不住强大灵力与肮脏邪气的冲撞，而四魂之玉也被净化，从此消失。

　　那次战斗的回忆对他来说就像一个噩梦。他只隐隐记得之后发生的片段……

　　他们把琥珀从生死边缘救了回来。身受重伤的弥勒枕在珊瑚的腿上，狂喜地望着自己光滑的右掌；而他自己则拥抱了桔梗，就在她的躯壳即将崩溃，灵魂终于挣脱束缚的时候；枫婆婆冲出村子来迎接相互搀扶的他们；戈薇突然惊恐地尖叫起来，因为她终于意识到，她再也无法通过那口食骨井了……

她在他怀中哭了很久很久。看着她陷入如此强烈的悲伤与无助，他却只有沉默以对。

日复一日，她努力想要接受她不能再回家这个难以置信的事实，而他所能做的，也只有陪在她身边，尽全力地安慰她。

他们不知道究竟是什么阻断了两个时代间的通道。也许，它还在那儿——连接着过去与现在，现在与未来——就埋藏在御神木深深的树根中。

只有一点是肯定的：随着四魂之玉的消失，戈薇丧失了穿越时空的能力。

他已不记得这样的痛苦持续了多久，但当她在他的臂弯中醒来，并给他一个羞涩的微笑时，他仿佛觉得在那晨光朦胧的房间中，全世界，连同他自己，又获得了新生。

他们的小队伍一直亲密无间。即使在戈薇完全恢复以后，他们也不愿意离开枫婆婆的村子和神社。

琥珀在大家的精心照料下慢慢地恢复了健康。弥勒与珊瑚异常迅速地结婚了，因为新娘似乎越来越不愿隐藏自己的感情。戈薇开始向枫婆婆学习医术——年迈的巫女需要新的继承人，于是戈薇欣然接受了她的请求。

那时候，他曾忍不住微笑，并从心底里替她感到骄傲。而现在，那个微笑也还依然徘徊在他的嘴角。

七宝去了北方，和他的族类居住在一起，不过他仍频繁地拜访他们。

带着一种兄长所特有的骄傲，他不得不承认那小家伙的确长大了，似乎就发生在一夜之间，而且他的狐妖术也越发的花样翻新。

　　接下来的岁月平静又愉快。也许是他们曾经体会过的危险，追寻与颠簸漂泊使这平淡安定的生活显得如此迷人。——他从来没多想过。

　　当然，他们的日子也有过艰苦和悲伤。

　　七宝也曾在村中度过了整个儿冬天，因为纷飞的大雪和刺骨的寒冷使野外对于一个还未成年的小狐妖来说变得格外的危险。他的族人们从不相互照顾——学会独立生存对他们这样的族群而言的确非常重要。

　　珊瑚的第一个孩子因为小产而夭折。那是他生平惟一一次看见弥勒的眼泪——他颤抖地抓住她的手臂，断断续续地，一遍又一遍地祷告，珊瑚不要死……

　　不过，快乐的日子却更多更多。

　　他十分尽心地保护着村子和神社。珊瑚决定传承祖业，一边教授除妖之术，一边照料着她自己越来越大的家庭。当然，戈薇一直都帮助着她。

　　在枫婆婆去世以后，戈薇独自承担起巫女的全部责任。也许，帮助她的朋友真的可以减轻她自己心中深藏的忧伤，因为她和他从来没有过小孩。他不知道这是为什么，他也不在乎。他只知道，她就是那个要与他共度一生的人，他愿意为她而活。

　　夜幕降临，晚风转凉。在黎明时分，他朋友们的子孙将会在这里找到他。他们仍然带着他曾经认识并爱过的人的模样。那些朋友，他曾与他们同甘共苦，并肩战斗……

现在，他是如此地思念他们。

弥勒带着重伤在野外死去。——就在他快要决定结束他的法师生涯时，他独自前往对付一个骚扰附近寺庙的妖怪。

他没能及时赶去送他的朋友，但珊瑚终于在最后的时刻找到了她的丈夫，与他道别，并将他的问候带回给大家。

当她抱着弥勒的尸体从云母背上下来的时候，这个曾经的除妖师骄傲地高昂着头。可葬礼刚一结束，她就已彻底崩溃，将自己关在房间里，很久很久。

他还记得当戈薇跪在弥勒的墓前，将一炷香插入冰封的土地时，飘落的梅花瓣如雨而下的情景。

珊瑚继续向自己的孩子和徒弟们传授着除妖术。这几乎成了她生活的全部。孩子们的笑脸——最重要的是，戈薇持久而细心的关

怀——使她最终摆脱了失去弥勒的痛苦。

他一想到戈薇就禁不住微笑。她总是这样的坚强，带着一种超乎常人的勇气与宽容。她是一个尽责的巫女，而他也只愿意与她分享自己的生命。

珊瑚在十五年后追随弥勒而去。她相当地长寿，而且，就算在她精力不济时，她也总能将那些前来无理取闹，抱怨她徒弟的技术的人们骂得面红耳赤。他也永远也忘不了，当他打趣地称她为"可怕的老妖婆"时，她对他的好一顿痛骂。

现在已经是黄昏了。夕阳西下，天空带着一片明柔的灰青色，就好像害羞的淑女们层层叠叠的裙褶。远方的天际还挂着暗红和琥珀色的流云，但沉沉的深蓝已占据了大部分的夜空。

他仰起脸，等待着。

当最后一抹红晕也从云彩边消失，淡淡的暗影笼罩了一切。

这时——就在那儿——高高的天上——他又看见了她的眼睛。

清澈、明亮、纯洁无瑕。

这就是他每晚都到走廊上来的原因——

"戈薇。"

夜晚的冰冻渐渐麻木了他的双腿。他不再来回漫步，而是静静地矗立。

他最后一次拥抱她已经是很久以前的事了。她穿着白衣，躺在柴堆上，烈火吞噬着她的躯体。

当她慢慢变老，他却仍然英气勃发，自由不羁。

她从未见过他变老的样子。

他的妖怪生涯急促而耀眼，就如同一支燃烧的飞矢射入天际，即使在坠落时也依然闪亮，尽管它最终因无法抵抗大地的牵引而体衰力竭。

然后，在经过一段对他的同类来说如此短暂的岁月，他沸腾的妖怪之血渐渐冷却。他开始满足地过起人类所有的平静的生活。朔月满月的轮回仍旧存在，可他的妖力却像临秋的绿叶一样慢慢凋零。

他已不再年轻，可他毕竟坚强地走过了这一程。

他的一生过得并不坏。不。他过得很满足，有时甚至很开心——就在这个他第一次见到守护四魂之玉巫女的村子里，就在这些他熟悉的人类身边。

弥勒和珊瑚的子孙们对他很好，尽管他已无力再守护村庄与神社。

　　现在的他成了他们知识的源泉。在经过了如此漫长的时间之后，他终于有了足够的耐心与智慧来与他们分享他那无人能比的记忆与感受。

　　——从战士到老师，正如珊瑚所经历的那样。这条路并没有走错。

　　而他们会来的。

　　他们会找到他的。

　　他们会从他的指间取下那把古老的妖刀，将它擦净，高高地供奉在神社的神龛中。

　　他们会带他回去，给他穿好寿衣，静静地为他守夜，然后，再将他放到柴堆上，在他上路时为他祈祷，为他祝福。

　　很久以后，他便会成为神话，成为传说。

　　他们会将他编入神社的历史。而他，他将会从御神木那广阔而苍翠的枝叶间看着他们世代相传。

　　再很久以后，半妖犬夜叉，西国的王子，四魂之玉的寻找者，御神木的守护人，戈薇的终身伴侣，退冶屋的珊瑚和带风穴的弥勒的坚定战友，以及其他许多许多称号的拥有者，便会消失无影了。

　　他将走进深青色的天空，去追随那双永远等待他的，明亮而欢快的眼睛。

　　"戈薇，亲爱的，我来了。"

春 雪

■ 出处:《犬夜叉》
■ 原著: 高桥留美子

■ 文: Rinchan

　　当消息传开,说所有的迹象都表明杀生丸殿下——西国犬妖族首领的长子与继承人——已成为一个人类小女孩的养父的时候,沉寂取代了惊讶引起的喧闹。但是,各种谣言却如恶龙的愤怒般迅速地扩散到每个角落。在妖的世界中,这样的事并不是没听说过。西国犬族向来以他们与人类的亲密关系闻名远近的岛屿。然而,几乎所有的人都认为杀生丸殿下是个例外——高傲,自负,且有着一颗严冬般冰冷的心。因此,尽管这个谣传是如此地令人感到困惑,却没有谁敢于直接向殿下本人证实消息的真伪。

　　在最终击败了奈落,并销毁了四魂之玉以后——听说杀生丸殿下确实插手了这两件事——他撤回到了祖先的领地,而且很多年以来,人们都没有听到多少关于他的消息。虽然他向来沉默寡言,不露痕迹，但这一次他似乎完全消失在了西国的旷野之中，仅仅保留了一小撮忠实的仆从跟随在他身边。

庄园坐落在一个幽僻的山谷里。它的北面和东面有高耸崎岖的峭壁作为防御，而其他方向则被迷宫般的森林重重环绕。这就是犬族首领在娶了一个人类女子为妻之后居住的地方。现在，他的儿子结束了多年的旅行，将这座宅邸重新派上了用场。仆人们曾争论过，认为杀生丸殿下在祖先居住和统治过的隐匿的巨大石厅中也许会过得更舒服一些。但是，正如在其他时候一样，他决定了的事情谁也无法改变。这座庄园当然足够大，也配得上他的地位，而且守卫森严。一条弯弯曲曲的河懒懒地流经山谷。河两岸被成片的樱桃林所覆盖。每到夏天，树上便挂满了沉甸甸的果实。在那么一个黎明，谷中的浓雾渐渐散开，仿佛在给三个旅人让路——庄园的主人，他的随从和一个正在

熟睡的、在他独臂的臂弯中重生的小女孩。

第二天清早，她一醒来便开始打量这所大房子，那种严密细致的态度简直可以与她的养父相比。当她走遍了庄园，山谷就自然而然地成为了下一个目标。武士的孩子们都被迫从很小的时候开始练习马术，而她却可以骑着双头龙自在地沿着河岸溜达。她与带着敬畏的神情来向庄园主纳贡的人们长谈。她倾听森林中飘出的神秘婉转的笛声。她注视着月光下的狼群匆匆掠过山头。她陶醉在快乐中。

她是一个人类的小孩。当她被同类抛弃的时候，她便跟随着她的恩主进入了这片在人类视野中遥遥闪烁的野蛮而奇妙的土地。他们所惧怕的，她张开双臂去拥抱。

她爱这座庄园，爱它周围的旷野，爱那个赐予她这种新生活的主

人。她关于人类世界和她所出生的村庄的记忆已经变得模糊且支离破碎。她只知道曾有一双注视着她的温柔眼眸让她感觉到自己被保护。曾有一个女人——母亲——将她搂在怀里。但是，战争，疾病，与饥荒已将这一切带离了她。她被远远地抛在后面，衣衫褴褛，靠村民们的施舍过活。

她成为一个战乱中的孤儿，却比其他的孤儿都更加幸运。也许这使她变得特殊。也许随着她告别童年，这种特殊会更加明显。然而，在这漫长的岁月中，在这妖之君主看似疏淡却异常警醒的保护下，她过得如此满足，如此无忧无虑。

春天，她可以与翻飞的樱花瓣嬉戏，追逐它们，看着它们顺河水漂流。而当夏天到来，她会焦急地等待樱桃成熟的时刻。她可以尽情地采摘，一把又一把，或者坐在最古老的那棵樱桃树下，吮吸着石头

上残留的甜甜的果浆。她还可以随意在山谷中漫步。当她长大些的时候，她常常一连出去好几天都不回家——直到她游玩的兴致干涸，直到她又可以忍受围绕她的高墙。杀生丸殿下的抚养方式确实引起了许多争议，尤其在夫人小姐们当中。但是，人们却从没见他认真地听过那些闲言碎语。就这样，他的小女儿长大了。她的自由胜过优美，活泼胜过娴静，鲜艳胜过精致。她与她养父的对比是强烈的，但他却独自掌握着这其中的智慧——她无法在他的世界中生存下去，除非她完全成为这个世界的一部分。所以，当她触摸到她的青春时，月亮在她的耳边哼唱，森林在她的血脉中低吟，大地在向她呼唤，正如呼唤它所有非人类的子民一样。

似樱花般，她仿佛在一夜间向青春岁月绽开了她的苞蕾。她最初

感到惊奇，但随后便非常迅速且坦然地接受了身心的变化——这是她率真的天性使然。如果，在这时，关于杀生丸殿下想要娶铃小姐为妃的窃窃私语确实可信的话，庄园以外的人也是毫不知情的。

一天，把她叫到他的房间。她信任地去了，向他致敬，并跪坐在他对面。他们之间隔着一张织工精细的榻榻米。他对她说话了，声音轻柔，言语简洁，面容平静。她现在成年了，但她却已经在这山谷中与永生的事物一起隐居了这么久。她今后想要做什么呢？这庄园确是一个庇护之所，但它不是一座囚牢。

她微笑着站起身，印花的裙褶沙沙作响。她穿过房间，停在那个将她抚养成人，威严而高贵的君主身边。她的黑眼睛闪烁着严肃的光芒，她的手指温柔地触到他的肩膀。"没有其他任何地方能比这儿更让我快乐的了。"

他望着她。昔日那个眸子清澈，声如银铃的孩子如今已经长成了一个美丽的女人——事情就这么决定了。

岁月悄悄地流逝，对她而言很漫长，但在他的眼中却如此短暂。自从庄园的前主人死后，留在这里的不过是一些幽僻的空屋。她陪在他身边，给他带来温暖与欢乐。有时，她一连几个月圆都见不到他，于是，她渐渐习惯了等待。他的领土，她只看过一小部分。当他在空阔的房间中陷入深思，或者用优雅的笔画写信的时候，她很难想象他就是统领整片西南岛屿的君主。她没有让他的离去遮蔽她的天空。她唤醒了自上一位女主人死后就沉睡在荒凉与混乱中的花园。池里的睡莲在她的抚慰下复苏。园中的小径在她的关照下变得光滑整洁。她在藏书阁中留连忘返，轻轻翻开那些人类学者只有在梦中才能见到的书页。在冬天，她有时也提笔写一些属于自己的小诗。只有看着她长大的人才能感觉到他不在她身边时，她内心深处的忧伤——尽管那是如此的微妙。

然而，没有人不认为她总是第一个知道他归期的人。无论是在白昼，还是在最后一颗星辰的微光中，她都会穿过庄园，站在门口等待，直到那个银白的身影从森林的黑暗中融入她的视野。

当她渐渐变老，他的容颜却一如往昔。他不再经常离开，似乎他已意识到他与她在一起的日子正在缓慢地走向尽头。当她在照料那个珍贵的花园时，他便站在走廊上看着她。或者，当他在看书，写字，或与属下低声议事时，她便托着茶具走进他的房间，静静地坐在他身边。

他的同类也许会觉得他过早地开始衰老，仿佛时间在他身上烙下

了一个看不见的印记。但正如所有的事物一样，这个时间的印记也会通过一些东西显露出来——从他冷漠的双眼内深藏着的温柔中，从他望着那个一生都陪伴着他的人类女子时，脸上现出的少有的安详中……天地间除了他们俩，没有任何人能说得出他们之间究竟存在着一种怎样的感情，究竟是什么把他们紧紧地系在一起。然而，他们俩却都懂得，并且沉浸于其中。

秋风再入那片樱桃林。最后的花朵也垂下头进入了梦乡。这是一个寒冷的季节，她比庄园中的其他任何人都更加强烈地感觉到这点。她已经进入了人类的老年时光。她的身躯开始变得如此虚弱，虚弱得无力承受她内心依旧清晰且旺盛的火焰。在她沉睡时，他时常坐在她床边，不看她，不触及她，但他似乎仍然能够给她力量与安慰。

那一个冬天，她卧床的时间越来越长。她的身体在衣褶下渐渐消瘦。当她有力气起来的时候，她总是很容易感到疲惫。但她的声音仍旧充满活力，她的眼睛仍旧明亮。她每天都要走进花园，看阳光在白雪上舞蹈，看劲风呼啸，大地因寒冷而颤抖。

现在，春天就要到来，天空出奇地湛蓝。一天，她有生以来第一次睡到了午后。没有听到她的脚步声，没有嗅到她轻轻飘荡的香味，他来到她的房间，发现她正蜷缩在毯下。他刚一进门，她那敏锐的黑眼睛便将目光投向了他。她的唇边露出一个疲倦却温柔的微笑。她向他伸出双臂。"请带我到花园里去吧。"

他用他的独臂抱起她，就如同抱起一个小孩子。她的手臂搂着他的脖子。她总是显得这么细小，但现在，她对他而言几乎没有重量，脆弱得就像一只蝴蝶。

他们的气息在寒冷的空气里凝成白雾。树木静立在透明的天空下，每一棵上都蓄满了新近落下的雪花。松软的雪地上没有一丝痕迹。整座山谷似乎着了魔，冻结在冰雪之中，洁白，晶莹，完美无瑕。

"看起来，它们似乎已经盛开了……"她的手伸向那片樱桃林。

"是的。"

他们望着这被施了咒语的冬天。然后，他把她抱回屋内。

从那天起，缓慢而痛苦地，寒冬开始瓦解。但她既没有恢复力气，也没有恢复健康。对她而言，这个过程几乎没有挣扎。她仅仅是在轻柔地滑向一个平静且充满安慰的地方。她爱她的生命，因此她可以接受与它的离别。

如果他在猜测她的心思，他是不会露出任何痕迹的。当他在她房间里从一夜的守护中醒来，发现她的床空空如也时，他平静地起身向南厢房走去——那房间的外面便是花园与樱桃林。他注意到，夜间下过一场雪，因为走廊的地板上仍有霜冻。

她就站在走廊的那一头，穿着淡黄色的睡裙，花白的长发顺着脊背翻滚地泻下。她沉重地依着廊边的柱子，血红的外套如同一团火焰在她的脚边燃烧。

他拾起地上的长袍替她披上，小心地撩开挡在中间的长发。

"我想，就是今天了。"她凝望着远处。河川在朦胧的春色中泛着金光。而他的眸子的金色更深，就像琥珀一样。他缓慢地点了一下头。他们彼此了解。她在他身上刻下了死亡的印记，而他对她的那一瞥里却闪烁着一种模糊的永恒。现在，该是她打断他的思绪的时候了。

"在那儿。"她继续说道，指着那棵最苍老的樱桃树。淡粉的花蕾

给它蒙上了一层精致的面纱。他想要抱起她，但她摇了摇头。"我想自己走过去，尽管会很慢。"

他向她伸出手臂。在他肩膀的支撑下，她步入那个花园。一片片残雪仍然杂乱地铺在地上，但坚韧的草叶已顽强地破土而出。花园中回荡着云雀欢快的高歌。当他们慢慢走向那棵树时，阳光从云后透出，围绕他们于温暖之中。

她靠着树坐下，粗糙的树皮贴着她满是皱纹的脸颊。在那一瞬间，一切是如此宁静，她似乎可以听见古老的树身中汁液流动的声音——从土壤最深处的根须到最细小树枝的顶端。

他站在离她不远处，神情庄重严肃，微风透过他的长发。在这一刻，她对他就像一个迷，朦胧，摇晃不定，宛如水波上的星光。说他

是一个真正的神当然是错误且毫无意义的。他也是一个由血、骨与灵魂铸成的生命。因此，他与她一样被套上了时间的枷锁。但是，他们终究是不同的。他们仅仅一起走过了一个人类所拥有的生命旅程。脚下的路终究会分开。

她做了一个轻微的手势，他向前一步，来到她身边。太阳已经完全从白云后露出。在它的照耀下，河川犹如一条正在融化的宝石项链。

她漆黑的眸子中闪烁的光芒如同一对小小的萤火虫。"杀生丸，"她轻声说，"我要走了。"她伸出一只手，他沉默地接住。他苍白的利爪覆盖在她纤小的手上。他能从她凋零的手的血脉震动中感觉出她的每一次心跳。他能清楚地听到她每一次沉重的呼吸。

"你会平安地渡过那条河，"他对她耳语道，"别等我，铃。这一

次，不要等我。当我死的时候，你所去的那个地方不是我将去的。"

"我知道。"她绽开一个微笑。然后，在融融白雪中，在刚刚盛开的樱花下，在冬与春的边缘，她死了。

那一夜，走廊里，花园中，每一处香炉的炭火上都铺散着药草与香料。帷幕低垂，门窗紧锁，庄园里的人一个接一个地离开了，只有庄园的主人仍旧坐在最深处房间的黑暗中。她躺在他面前，穿着雪白的丝缎，安详地合着双眼。他独自在沉寂中为她守夜，不允许任何一个仆人再踏入这个庄园——这里曾是一间间空房，却因为她的到来而成为了一个家。

最后，他将那脆弱的躯壳送入火中，看着它被熊熊烈火吞噬。在这个躯壳里曾驻着一个鲜活的生命，一颗温暖的心，一缕世上仅有的

能够触动他心灵的魂。樱花开了，粉红，雪白，晶莹，如云如雾。闪烁的灰烬奔向空中，与飘落的花瓣一同飞舞，轻盈而永恒。

这就是永生者爱上被血肉和时间所束缚的人类的痛苦。这就是父亲留给儿子的传说——虽然在最初被不情愿地接受，但在多年以后，它却被如此地珍视和保护着。

他没有为她哭泣，因为这不是他的方式，而她也懂得。但他再也没有让别人去分享他的生命。如此，岁月如水，流逝在空荡荡的庄园中，在樱花漫漫的山谷里，在西国无垠的旷野上，在一个妖之君主的内心深处……仅有极少的几个同类像他这样品尝过人类脆弱的香味，并且爱它，直到——甚至超越了——现世的尽头。

踏 脚 石

■ 出处：《犬夜叉》
■ 原著：高桥留美子

■ 文：Rinchan

"是时候了，我的主人。"

沙哑的声音嘶嘶地徘徊在他意识的边缘。细小的利爪刺进他渐渐冰冷的身体。

"很好。"

顷刻间，那景象在他的眼前展开了，就如同一个熟悉的，挥之不去的噩梦。金色的眼眸愤怒地燃烧着——但是，这一切都无济于事……

与所有人一样，他将独自走过这一程。当他踏上那条崎岖的道路，一种近乎疯狂的感觉淹没了他。

孤独地生，孤独地死。

然而，他还记得，在生与死之间的某个地方，他也曾经有过伴侣。

就在小家伙死去的那一瞬间,他想要生存下去的本能和意志便已开始衰退。虽然她成长得很快,但在他眼里,她永远是一个孩子。她没有婚嫁,更没有留下后代让他照顾。所以,他才会如此迅速地追随她而去。

邪见也死了——被一条饥饿的蛇怪撕碎,吞噬——就连天生牙也对此无能为力。

在这个世上似乎已没有什么能够支撑他继续活下去。因此,给他带来致命一击的并不是强大的敌人,而是一头龙——仅仅是一头龙而已——尽管它具备足够的力量和野心去接管那片已被犬妖所遗弃的领地。

天生牙没能救得了他。从前它曾无数次地救过他。但自从小家伙死后,它疗救的力量也随着他的放弃而消失。现在,那头龙也许还在

撕裂他的身体。

而他的心里也仍然保留着怒火。

尽管如此,复仇也好,其他的愿望也好,这里终究是地狱。这里有着不同的规则。他早就知道会有这么一天。他甚至没有作任何抵抗——他这一类本该来这儿的。

于是,现在,他跟在一个低贱的妖怪身后—— 一个引魂的使者,一个曾经被他的天生牙如此轻易地斩断的废物……犬妖杀生丸进入了地狱。

土地在他脚下痛苦地哀号,不断地现出一道道裂缝。他尽量不去看,但好奇心最终占了上风。他的目光扫过翻滚的岩浆——那些低贱的东西在他脚边龇牙咧嘴,巨大的妖怪们在他经过时发出绝望的吼

声。他们憎恨这个从容走来的君主。他们恨不得能够将他丢进他自己沸腾的血液中，看着他受尽煎熬与侮辱。有几个一直跟着他走到地狱的更深处，想看看他究竟会得到什么样的判决。

但他既不后悔自己飘荡的一生，也不后悔他所做过的错事。如果他不那样活着，他又该怎么做呢？他思索着他是否会再见到他的父亲。像这样一直走下去……也许他们会相聚，并一同被烈火焚烧……即便如此，对他来说，这也是一种安慰。

又是那种刺痛的感觉，就在他内心深处。他告诉自己决不能后悔。但是，仍有一些东西在那里骚动。

他们终于来到那个房间——那个所有的灵魂都必须去的地方。杀生丸发现自己比想象中的更加憎恨这里。狱主就坐在房间的尽头，等待着。他笨重地压在他的宝座上，眼睛血红而冰冷，像被熔岩烧红的

石块一样闪闪发光。

那目光照到他身上。

"杀生丸，犬妖族首领的儿子，西国的君主。"狱主高声喊道。判决的时刻到了。

四周的人群发出嘶嘶的嘘声和不怀好意的尖笑。但却没有人敢碰他。

他用尽他在这种情况下所能拥有的全部勇气，向前迈出一步，努力地摒弃一切矛盾与杂念。狱主的目光穿透了他所有的思想，他的灵魂……

狱主什么都没有说，只是对那些凶狠的狱卒们做了一个轻微的手势。他们围了过来。粗重而坚硬的手臂向前挥去，给杀生丸的双腿无情的一击。他跪下了。他能感觉到他的腿骨在那一击之下变得粉碎。

他的脊背虚弱地往下沉。狱主将手伸进他的胸口。

　　这种疼痛比死亡所带来的痛楚更剧烈。狱主带着冷漠的神情慢慢地抽取着这个强大的犬妖的灵魂。终于，他缩回了自己的手。他的手中握着一样东西。

　　杀生丸只能静静地看着他取出一个金色的天平，再一根一根地舒展开他那粗壮的手指——仪式开始了。

　　狱主将手中飘荡的灵魂放到天平上。犬妖颤抖了一下——那个灵魂伤痕累累，沾满了血污。他知道它永远不可能再痊愈。但他仍然愤怒地看着眼前的一切。天平倾斜，又突然滑向一边，灵魂落到了灼热的地面上。狱主沉默地看着他，一双血红的眼睛残暴却又冷静。

　　"惩罚。"他终于宣布。杀生丸极力地忍耐着。他身边的喧闹声顿时高涨起来。狱兽们狂野地为即将到来的屠杀而欢呼。他灵魂的痛楚

回应着他腿上的疼痛。他勉强地维持着身体的平衡。

　　"但是，"——这个词如同一把利刃，划破了所有的喧闹。整个地狱冻结了。

　　"还有另外一个问题有待解决。"

　　"是吗？"在一阵长长的沉默之后，杀生丸问道。

　　"曾有一个人类的小孩，对吧？"狱主冷冷地说。但他声音中的颤抖却泄露了他的感情。"她叫什么名字？"

　　"铃。"杀生丸微微抬起头，不敢希望……

　　"别妄想了！"狱主叫道。"你自己应该最清楚——仅仅救她一个是不可能洗清你所有的罪恶的。但是，还有另外一件事……"狱主哼了一声，用手平滑地划了一个圈。

"你看。"

地狱一层层地分开。杀生丸的视线里充满了各种疯狂的景象。随后，不相关的几层再度合拢，仅仅露出了一条河——那个小小的身影就矗立在浅浅的水波中。

铃，如他所记得的那样——一个人类的小孩儿——正伸出双手，在灰色而冰冷的水中摸索。

捉鱼——他再也无力掩饰自己的微笑——她在全世界最没有生机的水中捉鱼。

噢，铃……

她也在笑。有一瞬间，他甚至觉得她就在对他微笑。但是，她的注意力却集中在她手中的石头上……一块完美的，光滑的鹅卵石……也是灰色，正如围绕着她的一切。

微笑着，那个他如此深爱的小女孩儿奔向岸边，把那块石头放在一个砌得整整齐齐的石堆上。

"她被留在迷失的孩子们的河里。"狱主说道。杀生丸吃惊地瞪大双眼——那是一座水牢，关押着无辜夭折的孩子们。他们被困在那里——被困在地狱与天国之间。

为什么？他绝望地质问道。铃继续着她的摸索，没有听到他嘶哑的反抗。她一心一意地寻找着新的石头。

"因为她愿意认你作父亲。"狱主一边回答，一边望着小女孩儿手中的工作。"她要为你建一座石标。"

"不，铃……"这一声轻得如同耳语，但他的恐惧却回响在空中。他那清晰可见的绝望在他伤痕累累的灵魂中颤抖，猛烈地摇动着金色的天平，直到一旁的狱卒惊慌地重新摁住它。

　　铃没有看他。她固执地拒绝了他的请求。她转过身，往那个石堆上又添了一块。

　　"她承认你是她的父亲，因此她将继续与你在一起——至少三世。天国本来是她该去的地方，但是她拒绝了，"狱主停了停，"她拒绝了我们的要求。因此，她必须接受火刑的惩罚。"

　　"不，不要……"杀生丸在心中咆哮……他突然注意到她身后那个庞大的影子—— 一只凶恶的狱兽正握着一根棍子站在那里。铃……快逃……他无声地催促着她。那只怪兽举起了它手中的东西。他战栗地望着它的每一个动作。

　　狱兽挥动它的棍子，击向铃的石堆。小小的鹅卵石四散射开，其中有很多又重新飞回到滚滚的水波中。铃咬着嘴唇，但她并没有哭。

　　"笨蛋！"她突然笑了，并朝狱兽吐着舌头——就像她从前对邪见那样。狱兽咕哝着走开了。

　　在杀生丸能够平静下来之前，她又跑回到河里。

　　"她在为你祈祷。"狱主继续说道，看着铃将手伸进刺骨的水中。"为了让你得到救赎，她不停地砌着那些石标，尽管这是徒劳。"

　　此时，杀生丸第一次注意到了铃周围的人——成群的小孩子在涌动的波涛中寻找着石块。他们都在为所爱的人砌着纪念的石堆，可那些石堆又被逐一打散——孩子们刚一砌好，狱兽就拿着棍子毁掉了他们的心血。

　　"很奇怪的是，"狱主又说道，"她甚至愿意为了你而放弃她自己所能获得的拯救。"他指着那些在河畔徘徊的圣人们——他们专程从天国赶来安慰那些哭泣的孩子，让他们的灵魂得到解脱。

杀生丸愣愣地看着铃拒绝了所有的人，重新奔向水中。有一个僧人跟在她身后，似乎想要劝导她，但她笑着摇了摇头，把他撇在一边，再次转向那无情的河水和水下的石头。

天国的使者没有再问她第二遍。不久，他们就带着其他的孩子离开了。

"我想她最终会厌倦这一切，"狱主懒懒地说，"但问题是，如果她永远都不会厌倦呢？"

"什么……"在杀生丸的心中，恐惧再度涌起。

"因为她是你的，你也是她的……看吧……"狱主的眼睛扫向那个金色的天平。刚开始，杀生丸什么都没有看见。然后，渐渐地，天平开始颤动——它正在缓慢地恢复平衡。杀生丸转向河岸，却只能望

见铃那湿漉漉的背影。一块石头刚刚被放在岸上。她又开始砌一个新的石堆。

"所以，她的牺牲正在换取你的救赎。"狱主轻轻地说。他那阴沉的声音里带着一丝温和。"我们必须决定该怎么办。"

"我们？"杀生丸禁不住问道。他很清楚地知道判决是不可能改变的。任何人在狱主面前都是一样。但是……

"你也必须选择——选择是否要浪费掉她的心血。"狱主警告地说，扭曲着丑陋的脸。"要么你放弃一切，接受惩罚……要么……你们两人一同跌入万劫不复的深渊。"

"我愿意接受惩罚。"杀生丸微微鞠了一躬。他的灵魂从天平上飘起，回到了他的体内，尽管他仍然感到痛苦。

狱主双手一合，四周的景象再次变换。铃不见了，空中出现一面巨大的镜子，镜中闪现出无数的影像。

"你曾是一个人类……"狱主看着那显示前世的镜子。"曾是人类……但这个位置对现在的你来说太高了……不过，我可以给你另外的东西……再问你一次，你愿意坚持你的选择，接受惩罚吗？"

如果是为了铃……

杀生丸无声地点点头。

"那么，去吧。"

狱主挥了挥手。成群的狱兽涌向他，将他一寸一寸地撕裂，投入地狱的火焰中。

也许已经过了一段能被称作是"永恒"的时间，又也许，这只是一瞬。烈火最终熄灭，剧痛开始减轻直到他又可以思考。

在经受了万箭穿心般的痛苦之后，他仍然异常地清醒。对此，狱兽们十分不满地咆哮着。而他却并不在乎——就算它们再凶残一千倍，一万倍，他也不在乎——因为他的心里只想着另一个人……

最后的时刻终于到来。他将被迫喝下那将要抹去他的记忆的药剂。他极力地反抗着，将那股液体含在口里，拒绝下咽。他比其他任何人都要坚持得更久，试图战胜它的魔力。可是，与每个人一样，他最终把它咽了下去。于是——犬妖族的王子杀生丸，西国的君主，消失了。

然而，有一样东西却保留了下来。

也不知过了多久，在世界的另一边，一个小东西从它的噩梦中醒来。它并不在意。它与它的同类从不在意这样的梦境。但它却惊讶地嗅到一股香味。四周很黑，只有头顶上有一条亮亮的缝隙——还有一个声音，一个它如此熟悉的，充满快乐的声音。

"快看！妈妈！"

一个小女孩打开了她的圣诞礼物，是一个被包裹着的可爱的笼子。把里面那只雪白的小狗抱了出来。它困倦地在她怀里伸了伸腿，睁开了金色的眼睛，她那双熟悉的黑眼睛就在它的面前。

他记起来了。

小狗轻轻呜咽了一声，亲切地舔着她的手指。小女孩高兴地叫起来。"谢谢妈妈！"她紧紧地抱着她的小宠物。

她的笑声令他的心颤抖。

然后，他记起了狱主的最后一句话。

"就把这当作是一块踏脚石吧……"

我愿意为你

- **出处：《犬夜叉》**
- **原著：高桥留美子**

- **文：桔梗**

Side A

当我轻易地爱上一个与"巫女"性质相对的"半妖"，是不是就意味着，这场绝望的爱恋是个悲剧呢？早知道就不爱了，早知道就不会发生了。如果真的可以重来，我会怎样选择呢？应该还是会爱的吧——还是会爱你的——我的犬夜叉……

人们不知道的，守护"四魂之玉"的我心里渴望着怎样的生活，如果我不是巫女该有多好！人们把我放在神龛里，当作神一样的膜拜，可是神是不会寂寞的吧，但是我会啊，很寂寞，寂寞到无法说出口的境地。遇到的，是同样寂寞的他。当寂寞与寂寞靠近了，在一起了，也许就不寂寞了吧？

巫女也好，半妖也罢，我们是轮回了好几个世纪才遇见彼此的吧？在这个战火纷飞的战国时代，我们学会寂寞，在寂寞中绝望，在绝望中恋爱，然后，在恋爱中相守……我们的心都是一样的啊，姿势没有改变就什么都不会改变，你明白了吗？但是真的可以吗？可以不做巫女，可以不成妖怪，过普普通通的日子，过男耕女织的生活？我真的好害怕，怕这是我的一个梦，怕在梦醒时，什么都没有了。

夕阳。小码头。在你的怀里。我听见你的心跳，听见你嘶哑的声音在叫我的名字。"我就在你身边，不会离开你……"多想这样回答。你的手，穿过我的黑发的手，轻轻地搭在我的肩上。不想放开你的手，怕一放开就什么都没有了，一直以为幸福离我离得好远，现在才发现我也可以靠幸福这么近，近到这个世界只存在我们，只听得到彼此的呼吸声。你的音容笑貌已经将我网住，站在你身边，我忽然觉得我也

只是凡世中一名普通的女子，也可以和自己喜欢的人在一起,也可以过着自己梦寐以求的普通日子。

他那孩子般的面孔，和我头发一样乌黑的瞳孔，白色的头发顺顺的垂下来，我看见他尖尖的耳朵在倾听，倾听的是我的声音，还是我们的声音——我们在一起的心跳声？我无法忘记他，正如我无法忘记自己是那个巫女，守护四魂之玉的巫女。我听到他对我说，"桔梗，我，我想要变成人类。"那个像孩子一般的半妖——犬夜叉，他想要变成人类？看见他黑色的眸了里有着亮闪闪的光，真的会想要变成人类吗？看着他坚毅的表情，我没有办法对他说不。

约定的那天，我怀揣着四魂之玉，心里却是如此的不安，越是美好的东西越容易破碎。站在夕阳依旧的草地上，有风轻轻吹过。隐约

感到一种无法平制的情绪,是喜?亦忧?当真不在做巫女了?当真可以和他在一起?"嗦嗦嗦——"草丛里传出的是熟悉的声音。还来不及回头,还来不及高兴,就承受了那致命的一击。早以沉没了的夕阳无法目睹这一刻,在空阔的背景下,回荡着的是你冷酷的声音:"你太笨了,我怎么可能会想要变成人类?"没有感情的声音比你那致命的一击还要锐利的刺痛了我的心……

拖着痛苦的身体,呻吟的心,我拿起了弓和箭。记得你说过,每次"巫女之矢"都射不中你,那么这次,我一定可以射中的。在血从伤口喷薄而出的时候,我看见"巫女之矢"射中了你的心,但是隐约听见你呢喃着为什么,隐约看见你眼里痛苦的光,那么,为什么还要欺骗我?

最终,妖怪还是逃脱不了被巫女封印的命运。那绝望中所有的一

切注定就是错误的,那一切一切的开始最终也只是在你迷茫的样子,我的痛苦中结束……

神社的日幕,转世的她如果不是在那天莫名其妙地被拉进食骨之井,我就不会遇见他,就不会有那么多的麻烦,就不会与我的前世纠缠不清了吧?可是都已经发生了,我再也不可能回头了。

只记得那天在战国时代的阳光好灿烂,或许只是错觉,只是那时的错觉!但是,为什么呢?从多久开始呢?我就已经这么的,这么的喜欢犬夜叉了呢?我是知道的啊。他喜欢的是我的前世,是叫桔梗的女巫啊。坐在地上。前面就是第一次遇见犬夜叉的地方了。神树的藤蔓紧紧地缠绕着他的身体,时间停留在他被封印的那一刻,鲜红的袍子随着风在飘动,微微下垂的手似乎想要握住什么。是她的手吧?解

除封印的他，睁开眼睛看见我却叫着"桔梗"，他真是个笨蛋啊！"我叫阿篱！"

　　我就这么荒谬的开始了我不一样的生活。

Side B

　　一模一样的脸，回应她复活身体的灵魂，一切的一切表明桔梗就是我的前世。看见犬夜叉沮丧的脸，我竟然会莫名的伤心。嫉妒当然是有一点，她总是在犬夜叉心里某个角落，羁绊着犬夜叉，她也是那么深爱着犬夜叉的，比我还要深地爱着，绝望地爱着，因为她的时间已经停止在她死去的那一刻了。

　　可是，我也是那么深的爱着犬夜叉，只要在他身边陪伴着他就好

了，只要能看见他就好了。我是我，桔梗是桔梗，我们是不一样的啊。他是明白的吧？为什么在对我说了"不想你受到伤害，不想你离开我的身边"这样的话，还要对桔梗说"我每时每刻都在想你，我忘不掉你"那样的话呢？其实你还爱着她对吧，犬夜叉？

　　再次从古井回来，我才发现自己真正的心意，那不是错觉，在跟那天同样灿烂的阳光下，我做出了自己绝对不会后悔的决定，我就那么平静而充满喜悦地对犬夜叉说："我知道你忘不掉桔梗，就像我也忘不掉你，我想看见你的心意让我回来，我想跟你在一起，陪着你就足够了。"我看见他脸上柔和的表情，我知道，他也是忘不掉我的。被他牵着手，在和煦的微风中，就那么平静地走在通往枫婆婆的村子。

　　好像都可以闻到，冰淇淋融化在空气里甜丝丝的味道，我的心，

就被这些甜丝丝的味道充盈着，满足着。

我真的愿意为你。

不管是五十年前的桔梗还是现在的阿篱，我一样的喜欢，我愿意陪桔梗下地狱，也愿意在阿篱身边守护她的笑容，为什么会这样？我的心，就这样被两个女孩子，满满地占住了，再也装不下其他的东西了。

忘不掉的是桔梗，五十年前我那么深爱的桔梗。不管我是被她封印还是憎恨，我都无法克制自己不去想她。我就那么跟在她的后面，默默地看着她，知道自己已经被发现，已经不能逃避。我告诉她，我想变成人类，真正的人类。她就那么满心愉悦地望着我，她等这句话，等很久了吧？我现在终于明了，当初为什么她会那么憎恨我了，是误会，是陷害。爱得越深，就会恨得越深啊。

还是记得把她第一次抱在怀里，她的心跳，她的味道，她三千的青丝，柔柔地披散在肩上。她的巫女服，她的弓箭，她百发百中的"巫女之矢"，却每次都故意放过我。拖着受伤的身体，躺在干草上，想念起桔梗，已死去的桔梗，再度复活的桔梗，爱我的桔梗，憎恨我的桔梗，那个……我的桔梗，你现在在哪里呢？你不要一个人战斗啊，你会受伤的，难道你还不明白我的心意吗？你千万要好好的啊，我的桔梗。

想守护的是阿篱，前世是桔梗的阿篱，不是桔梗的阿篱。第一次见面就把她认成桔梗，但是我想要守护她不是因为她是桔梗，阿篱就是阿篱，不是任何人。

已经习惯每次载她坐在我的背上，已经习惯每次受伤总是她给我上药，渐渐地，就已经那么习惯和依赖她的笑容了。很想告诉她，和她在一起是那么轻松自在。

不想让她受伤害，想让她明白，我是在乎她的。看见她从那边的时代回来，我惊讶，生气，更多的是满心的欢喜。她摸了一下长长的黑发，就那么迎着阳光，坐在古井边上。笑着对我说，想要和我在一起。真的想和我在一起吗？我看见她坚定的眼神，其实，我也想和她在一起啊。牵着她的手，我终于明白自己的心意。

我愿意为你，下地狱，简单地活着，每一样的选择都是心碎，都是爱。

愿意为你，是因为真的爱你，不管发生什么事情，爱你，永远是亘古不变的誓言，约定。

编 后 语

　　一年前的夏天，我们在中国内地首次推出了一套名为"阳光动漫"的同人小说志。

　　一年后的今天，又一个炎炎的夏至，新一辑阳光动漫书系再次倾情奉献。

　　在这里，我们要感谢一年多来支持并关注这套丛书出版的读者朋友们，因为正是你们踊跃地投稿、热情地参与回信调查才使我们有了前进的动力和方向。

　　其实，早在很多年以前，"同人志"的现象话题便在文艺界中引起广泛的讨论。我们给它的普遍定义是，一个拥有共同爱好和语言的

群体，自发地为某部热衷作品衍生情节，进行"再创作"的一种积极的文化现象。

　　在日本以及欧美发达国家，同人志主要是基于动漫、游戏以及幻想文学，从中衍生出许多漫画和文学形式的分支作品，比如：《机动战士高达》《银河英雄传说》《超时空要塞》《火影忍者》《哈里·波特》《龙与地下城》《魔戒》等作品都是爱好者们取之不尽的素材源泉。

　　而在中国，最早的同人文学浪潮当属风靡二十世纪七八十年代的武侠文化，之后的九十年代至今，动漫则成了年轻人，尤其是青少年们的精神追求。"阳光动漫"系列丛书正是在这一背景下诞生，并努力传播着动漫爱好者们"诚"之心态的一面旗帜。

　　我们希望通过以"同人小说"这种"再创作"的理念和形式，有

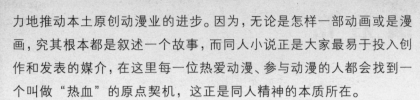

力地推动本土原创动漫业的进步。因为，无论是怎样一部动画或是漫画，究其根本都是叙述一个故事，而同人小说正是大家最易于投入创作和发表的媒介，在这里每一位热爱动漫、参与动漫的人都会找到一个叫做"热血"的原点契机，这正是同人精神的本质所在。

那么现在，就请你拿起笔来，来参加我们的第三辑同人小说的创作活动吧！

动漫虽然是一个虚构出来的世界，但在里面却寄托着人们所有美好的向往与热情。而那些曾经以为的惨烈青春，那些曾经以为的光与暗的宿命对决，也都将在此成为世界命运的终幕，并化作点滴的成长烦恼，升华进入永恒的天国，陪伴着我们一同前行……

2005 年 7 月

阳光动漫编辑组

你想为自己所喜欢的动漫、游戏作品创作新的篇章吗？你想成为同人文学界的一颗新星吗？你想自己的著作问世，并成为全球传媒集团贝塔斯曼旗下的签约作家吗？那么，就快快来加入以下的行列，让全球华人共同关注中国原创动漫力量的崛起！

要　　求：内容健康、故事性强、笔触流畅、主题突出；具有一定深度、空间联想性或幽默搞笑风格的文字尤佳。

形　　式：同人小说

字　　数：3000–15000 字为宜

主题范围：大众熟知的动漫画和游戏作品

录用稿酬：1. 按文字质量给予一定稿酬；2. 获赠一本刊发有录用者稿件的图书；3. 个别优秀作者获得签约作家机会。

其　　他：请所有投稿者一律注名发表笔名、真实姓名、住址、邮编和个人联络方式（电话、电子邮件等）以便即时发放录用通知、稿酬等。

征稿邮箱：diydream@126.com

互动网址：http://bbs.i5dream.com

截稿时间：2005 年 12 月 31 日

图书在版编目（CIP）数据

暗黑默示录/绯雨宵编. 一北京：作家出版社，2005.9
ISBN 7－5063－3417－8

Ⅰ. 暗⋯ Ⅱ. 绯⋯ Ⅲ. 短篇小说－作品集－中国－当代
Ⅳ. I247.7

中国版本图书馆 CIP 数据核字（2005）第 106828 号

暗黑默示录

编者：绯雨宵
责任编辑：启　天
特约编辑：赵　平
装帧设计：申　磊
插图：菩　萨
出版发行：作家出版社
社址：北京农展馆南里 10 号　　　　**邮码：**100026
电话传真：86－10－65930756（出版发行部）
　　　　　　86－10－65004079（总编室）
E－mail：wrtspub@public. bta. net. cn
http：//www. zuojiachubanshe. com
印刷：北京京北制版厂
开本：890×1240　1/32
字数：145 千
印张：6.75　　　　　　　　　　**插页：**4
印数：001－12000
版次：2005 年 10 月第 1 版
印次：2005 年 10 月第 1 次印刷
ISBN 7－5063－3417－8
定价：18.00 元